Miku
미쿠
Umiko
U35
일러스트
진화의 열매
7
모르는 사이
성공한 인생

히이라기 마코토
망자
히이라기 카즈미
망자
"여기 와서 관광 기분?!"
히이라기 세이이치
前 왕따

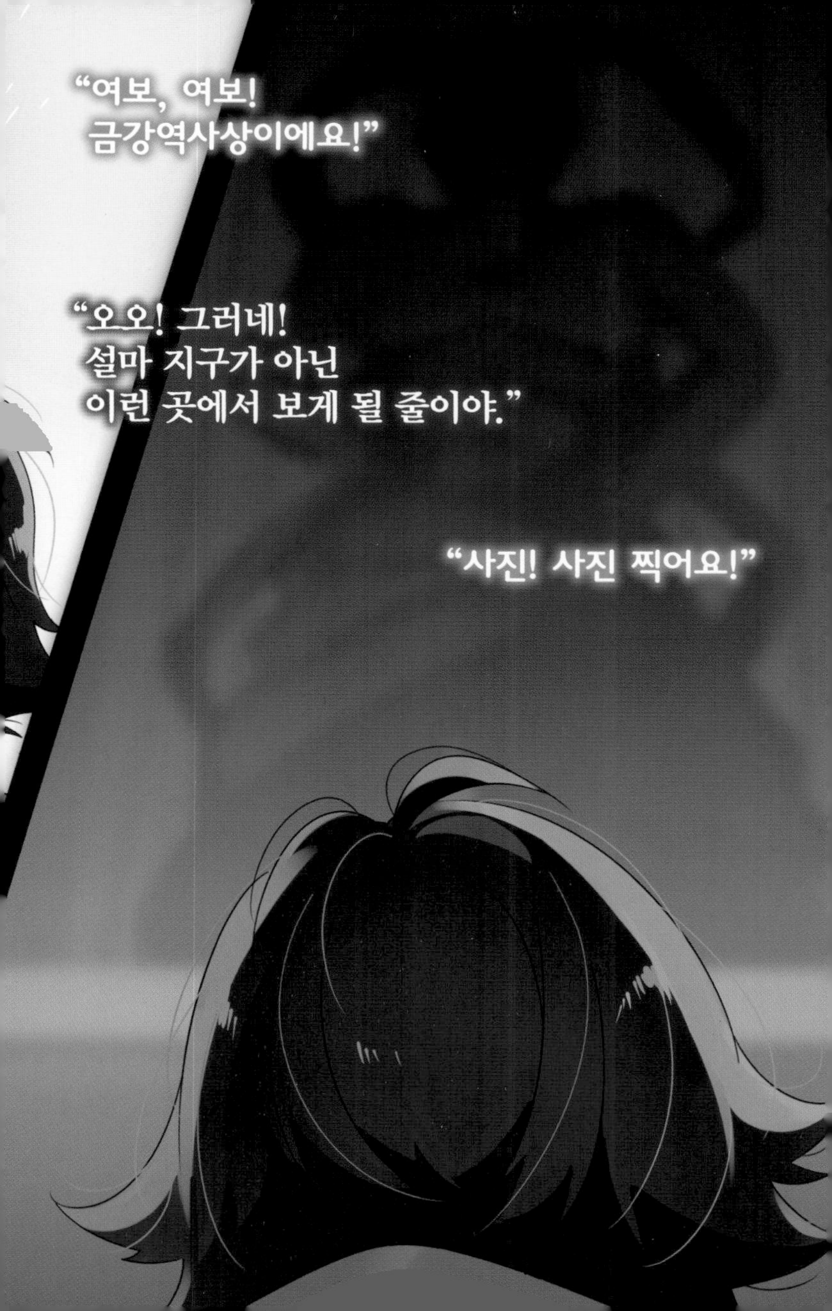
"여보, 여보! 금강역사상이에요!"
"오오! 그러네! 설마 지구가 아닌 이런 곳에서 보게 될 줄이야."
"사진! 사진 찍어요!"

사리아
카이저콩

"어어…… 저는 사리아예요!
세이이치의…… 아내예요!"

란젤프
포드 윔블그
국왕

"란제 님!
용건이 있다고 듣고
이 갓슬, 토끼뜀하며 왔습니다!"
갓슬 크루트
길드마스터

"아, 알겠습다! 말할게요!"
세토 아이리
갸루

진화의 열매 7

모르는 사이 성공한 인생

Miku 지음
미쿠
Umiko
U35
일러스트
송재희
옮김

Contents

악령의 왕

“잘했네, 세이이치 공! 이로써 귀공도 훌륭한『생명력 마스터』다!”

“『생명력 마스터』라니 그게 뭐야?!”

그 후, 나타나는 악령들을 용사의 스승이기도 했던 제아노스의 지도하에 계속 퇴치했다.

그 결과, 이제는 물리 공격뿐만 아니라 마법에도『생명력』을 담을 수 있게 되었고, 뭣하면『생명력』의 여파만으로도 악령을 쓰러뜨릴 수 있게 되었다.

진짜『생명력』의 여파만으로도 악령 퇴치는 의미를 알 수 없었다.

몸에 힘만 주면 적이 사라졌다. 내 몸은『생명력』 덩어리인 것 같았다.

그런 생각을 하고 있는데 머릿속에 안내 방송이 흘렀다.

『칭호【생명력 마스터】를 획득했습니다.』

정말로 생명력 마스터가 되어 버렸어! 솔직히 이럴 것 같긴 했지만!

반쯤 자포자기 심정으로 생각하며 칭호를 확인했다.

『생명력 마스터』……생명력을 다루는 법을 통달한 자에게 주어지는 칭호. 그 생명력은【바선생】마저 능가한다.

비교 대상이【바선생】이라니 그러지 말아 줄래요?!

그보다 비교 대상으로 거론되는【바선생】 대단하잖아?!

칭호 내용에 깜짝 놀라고 있으니 초대 마왕인 루시우스 씨가 웃으며 말을 걸어왔다.

"이야~ 축하해! 설마 정말로 이 짧은 시간에 습득할 줄이야…… 진짜 터무니없어!"

"이거 역시 이상한 건가요?"

"응? 그러네…… 참고로 말하자면 나는 습득하기까지 일주일은 걸렸어."

"그것도 무서우리만큼 빠른 거야. 우리 용사팀은 반년쯤 걸렸다고……."

"음, 나도 루시우스 공과 마찬가지로 일주일 걸렸지만…… 세이이치 공은 한 시간도 안 지났지?"

나는 역시 정상이 아니었다.

용사와 그 스승, 그리고 초대 마왕 이상이라니 어떻게 된 거야?! 예전부터 내 몸은 무엇을 목표하는지 알 수 없었지만, 마왕조차 넘어서 버리면 이제 신밖에 없잖아?!

자기 자신에게 태클을 걸고 있으니 부모님이 태평하게 웃었다.

“뭐가 뭔지 잘 모르겠지만 세이이치가 칭찬받고 있어.”

“그러게요…… 기뻐라.”

“그렇지. 아무튼 우리의 자랑스러운 아들이니까!”

이쪽은 이쪽대로 부끄러워! 무척 기쁘지만!

“과연 『진화의 열매』를 먹은 만큼 대단하군.”

“아!”

온화하게 미소 짓는 제아노스의 대사를 듣고 나는 어떤 사실을 떠올렸다.

“맞아, 제아노스는 『진화의 열매』를 발견한 장본인이었어!”

“오오, 거기까지 아는가.”

“응. 우연히 알게 됐지만. 이렇게 제아노스랑 만났으니까 『진화의 열매』에 관해 자세히 듣고 싶은데…….”

내가 그렇게 말하자 제아노스는 쓴웃음을 지었다.

“나도 자세히는 몰라. 신들조차 예상하지 못했던 것을 내가 알 리가 없잖나?”

“그렇게 말하면 더 할 말이 없지만…….”

“뭐, 아는 것도 있지. 하지만 그것들은 세이이치 공이 직접 체험해서 알게 되었을 테니 내가 대답해 줄 수 있는 것은 없어.”

“그런가…….”

조금 기대했는데 제아노스도 『진화의 열매』에 관해서 자세히는 모르는 듯했다.

“그리고 그 열매는 더 이상 손에 넣을 수 없겠지. 세이이치 공과 사리아 공이 먹어 버렸으니 말이야.”

“응? 내가 지금 재배 중인데…….”

“재배?!”

내 말에 제아노스는 눈을 부릅뜨며 놀랐다.

“지금까지 한 이야기를 무시하려는 건가?! 신들조차 예상하지 못했던 그 열매를 재배 중이라니?!”

“그게, 제아노스를 쓰러뜨리면서 【끝없는 비애의 숲】을 완전히 공략하게 된 모양이라 그때 『진화의 열매』를 받았고, 그걸 키우고 싶다는 생각에 전용 마법을 만들어서…….”

“음, 변함없이 이상한 방향으로 달려가고 있는 것 같군!”

뭔가 포기한 것처럼 그렇게 태클을 건 제아노스는 한숨 돌리고서 이야기를 계속했다.

“본래 그것은 사람 손으로 키울 수 없어. 그렇기에 【끝없는 비애의 숲】에서 자연스럽게 자랐던 것이지. 그렇게 자연 속에서 자라던 것도 그 고릴라…… 사리아 공과 세이이치 공이 먹은 것이 전부일 거야.”

“참말입니까…….”

그 숲에서 나와 사리아만 『진화의 열매』를 먹었다는 것에 놀랐다. 나중에 루루네도 먹었지만 말이지.

……하지만 【끝없는 비애의 숲】을 공략한 보상으로 『진화의 열매』를 손에 넣었는데…… 양 녀석, 혹시 생각보다 더

위험한 녀석이었나? ……그럴 리 없지! 제발 아니기를! 그 성격에 위험하기까지 하면 제어할 수 있는 상대가 없다고!

“하아…… 아무튼 이로써 악령의 왕과 싸울 수 있는 힘이 생긴 거지?”

“그렇지. 이제 그 악령의 왕을 찾기만 하면 되는데…….”

그랬다. 가장 중요한 악령의 왕이 있는 곳을 몰랐다.

어떻게 할까 생각하던 그때였다.

『나의 부활을 방해하는 무엄한 자가 네놈들인가?』

“……!”

갑자기 땅을 기는 듯한 낮은 목소리가 들려왔다.

“이 목소리는……?”

“……아무래도 저쪽에서 찾아온 모양이야.”

제아노스는 진지한 표정이었지만 나는 뭐가 뭔지 도통 알 수 없었다.

아무튼 아까부터 목덜미가 오싹오싹해서 뒤를 보니…… 그곳에 섬뜩하고 기분 나쁜 물체가 있었다.

뭔가 뭉크의 절규 같은 얼굴 모양이 검은색 물체에 대량으로 떠올라 있었다. 소름 끼쳐!

“어어…… 누구시죠?”

『나는 악령의 왕이다. 이름은 아직 없다.』[#1]

#1 『나는 악령의 왕이다. 이름은 아직 없다.』 나쓰메 소세키의 소설 『나는 고양이로소이다』의 첫 문장을 패러디한 것.

"고양이세요?"

깜짝 놀랐어. 악령의 왕이 이렇게 직접 온 것도 놀랍지만, 무엇보다도 왕이면서 이름이 없다는 것에 놀랐다. 아니면 원래 그런 걸까? 어찌 되든 좋지만.

그런 생각을 하고 있는데 옛 용사인 아벨 일행이 식은땀을 흘리며 입을 열었다.

"이 녀석은…… 예상 이상인데."

"설마 이렇게나 강력할 줄이야……."

"……그러게. 이토록 죽음의 기운이 짙을 줄은 몰랐어……."

"근처에 있기만 해도 기분이 안 좋아……."

잘 모르겠지만 몹시 기분 나쁜 느낌을 받는 것은 나랑 똑같은 것 같다.

그렇지. 저 생김새 기분 나쁘지.

"……뭔가 세이이치 공은 엄청난 착각을 한 것 같은데, 저들은 악령의 왕이 가진 『마이너스 생명력』의 강대함에 놀라고 있는 거야."

"어?"

"……맞아. 솔직히 이렇게까지 강할 줄은 몰랐어……."

제아노스와 루시우스 씨도 진지한 얼굴로 눈앞의 기분 나쁜 물체를 바라보았다.

"여보. 저거 근대 미술 같이 생겼죠?"

"그러네…… 몸에 그려진 모양과 일그러진 형태가 그런 느낌이야."

부모님은 태평하게 그런 대화를 나눴다. 나도 굳이 따지자면 부모님과 비슷한 기분이지만…….

여전히 사태의 중대함을 깨닫지 못한 내게 아벨이 강한 어조로 말했다.

"세이이치. 방심하지 마. 저건 네가 생각하는 것보다도…… 강해."

"으음……."

아니, 그렇게 말해도…….

평범한 일반인…… 아니, 지구에서 제일 밑바닥이었던 나는 자신이 최약체였음을 알았기에 새삼 나보다 강하다고 해도 전혀 놀랍지 않았다.

나보다 세든 약하든 어쨌든 결국 쓰러뜨려야만 하고 전력을 다할 거니까 별로 상관없는 것 같은데…….

한없이 긴장감 없는 내게 아벨이 재차 입을 열려고 할 때 갑자기 악령의 왕에게 변화가 일어났다.

몸이 전체가 부글부글 꿈틀거리며 분열해 이윽고 사람 형태가 되었다.

그리고…….

"뭐야?"

"거, 거짓말이지……?"

아벨 일행뿐만 아니라 제아노스와 루시우스 씨마저 말문

이 막혔다.

하지만 나와 부모님, 그리고 보물상자에게는 생소한 모습이라서 제아노스 일행이 왜 놀라는지 전혀 이해할 수 없었다.

참고로 악령의 왕은 네 명으로 분열했다.

드세 보이는 눈이 인상적인 귀족 여성과 그 여성보다 호화로운 의상을 입은 신경질적으로 생긴 장년 남성.

그리고 왠지 비굴해 보이는 중년 신관과 호화로운 갑옷을 걸친 자신만만한 표정의 청년이었다.

누구야? 이 사람들 하며 궁금해 하고 있을 때, 제아노스가 떨리는 목소리로 네 사람 중 한 명의 이름을 불렀다.

"에, 엘리자베스……."

엘리자베스? 그 이름 어디선가 들어 본 것 같은데…….

그렇게 생각하고 있으니 메이드 마리도 엘리자베스라는 여성을 보고 깜짝 놀라 외쳤다.

"마, 마님?!"

마님? ……아, 제아노스의 전 부인인가! 아니, 왜 여기에 나타난 거야?

내가 혼란스러워하든 말든 엘리자베스와 그 옆에 선 장년 남성이 입을 열었다.

"오랜만이네, 제아노스. 당신 때문에 내 인생은 엉망진창이야."

"맞다. 제아노스, 그리고 아벨 일행이여. 네놈들 때문에 내가 얼마나 마음고생을 했는지 아는가? 죽어 마땅하다."

"폐하……."

씁쓸하게 그리 말하는 제아노스를 보고 나는 마침내 이해했다.

인간 형태가 된 악령의 왕들은 말하자면 제아노스 일행과 인연이 있는 상대였다.

우선 엘리자베스는 제아노스의 전 부인이고, 그 옆에 있는 장년 남성은 『암흑귀족 제아노스 이야기』에 등장했던 할마르 제국의 제왕, 엘슈타트 3세일 것이다. 엘슈타트 3세가 한 말을 미루어 보면 아벨 일행에 관한 근거 없는 헛소문을 퍼뜨려 그들을 죽음에 몰아넣은 사람도 이 녀석이겠지.

그렇다면 남은 두 사람은…….

"……피에르."

"당신이 제 이름을 부르니 구역질이 나는군요."

아벨 일행을 배신한 신관 피에르.

그리고…….

"……설마 다시 만나게 될 줄이야."

"하! 이 몸에게 죽었으면서 대등하게 말하려고 들지 마, 쓰레기 자식아. 너희 마족은 인간님의 노예 주제에 너무 건방져."

……이름은 모르지만 루시우스 씨를 죽인 용사일 것이다.

제아노스 일행과 내가 이렇게 만났으니까 그들과 인연이 있는 상대가 나타나도 이상하지는…… 아니, 이상해! 왜 있는 거야?!

그런 내 의문에 엘슈타트 3세가 대답했다.

"네놈들이 자아를 가지면서 너희와 강한 인연이 있는 우리도 이렇게 자아를 가지게 됐다. 쓰레기치고는 잘했구나. 칭찬해 주마."

굉장한걸, 거만한 태도가 자연스러워.

엘슈타트 3세에 이어 엘리자베스와 다른 사람들도 차례차례 입을 열었다.

"하지만 나는 당신 얼굴 따위 두 번 다시 보고 싶지 않았어. 당신이 이상한 짓을 해서 내 평온한 생활은 무너졌다고. 당신이 멋대로 지명 수배된 후, 나는 예전처럼 우아한 생활을 보낼 수 없게 됐어……. 이 책임을 어떻게 질 거야?"

놀라우리만큼 불합리한 책임 전가네.

"저는…… 인기 많은 당신이 부러웠습니다. 그래요, 시샘했습니다! 그래서 배신해 줬지! 하하하, 여친 있는 놈은 죽어 버리라지! 꼴좋다!"

피에르는 속이 너무 꼬였잖아? 그보다 배신한 이유가 그거냐? 【끝없는 비애의 숲】에 있을 때 내가 한 예상이 맞았어!

"썩을 마족 놈들. 얌전히 우리한테 죽으면 될 것을…… 건방지게 반항하고 말이야! 다시 한번 네놈이 보는 앞에서 동료를 죽여 주마. 아아, 절망하여 일그러지는 네 얼굴이 보고 싶어!"

이 녀석은 진짜 용사 맞아? 완전 미쳤는데?

잘 모르겠지만, 악령의 왕이 될 만하기는 했다.

아무튼 제아노스 일행은 네 사람의 등장에 몹시 동요한 것 같았다.

“네놈들은 우리의 부활을 방해했다. 그것만으로도 용서할 수 없는 일이지. 그러므로 여기서 네놈들에게 최고로 비참한 죽음을— 크헉!”

『응?』

나는 비열한 웃음을 지으며 득의양양하게 말하던 엘슈타트 3세의 안면을 후려쳤다.

그 결과, 엘슈타트 3세의 머리가 날아갔고 그대로 빛의 입자가 되어 사라졌다.

내 행동에 제아노스 일행뿐만 아니라 다른 세 명도 말을 잇지 못했다.

뭔가 유령을 때린 느낌은 아니네.

그렇게 생각하며 나는 조금 전의 감촉을 확인하듯 그 자리에서 손을 쥐었다 펴면서 제아노스 일행에게 물었다.

“이 녀석들, 악령의 왕이라면 해치워도 되는 거지?”

『해치운 다음에 묻는 거야?!』

제아노스 일행이 한마음으로 태클을 걸었다.

결판

내가 엘슈타트 3세를 후려쳐서 해치우자 나머지 세 사람도 크게 동요했다.

엘리자베스가 떨리는 목소리로 외쳤다.

"다다다다다당신! 당신한테 자비는 없는 거야?!"

"그, 그렇습니다! 폐하께서 아직 말씀하시는 중이었는데!"

"비상식적이야! 그러고도 인간이냐?!"

아직은 인간이야!

근데 적에게 비상식적이라는 말을 들을 줄은 몰랐어.

"그렇게 말해도…… 그쪽은 우리를 없앨 생각이잖아? 그럼 결국 싸울 거고……."

"그렇더라도 절차라는 게 있잖아?! 이래서 평민은—."

나는 말을 이으려는 엘리자베스를 무시하고 옆에 있던 피에르를 후려쳤다.

아니나 다를까, 피에르도 순식간에 소멸했다.

"응?"

"두 명 남았나……."

"아, 위험해. 이 녀석, 위험한 놈이야……!"

상대 쪽의 용사가 나를 보고 무서워했다. 그렇게 무서워하지 않아도 되는데.

“말도 안 돼…… 말도 안 돼……! 모처럼 제아노스가 자아를 가지면서 나도 악령의 왕 속에서 의식을 가질 수 있게 됐는데……! 제아노스가 없었다면 그대로 악령의 왕이라는 하나의 개체로서 끝나 버렸을지도 몰랐던 내가 어떻게든 부활하게 되는 건데, 이 전개는 너무하잖아?!”

“설명 감사합니다.”

뭔가 자세히 설명해 줘서 네 사람이 이곳에 있는 배경을 대충 알게 됐다.

요컨대 악령의 왕이 분열한 네 사람의 의식과 인격이 되살아난 것은 제아노스 일행이 나타났기 때문이었다. 만약 나만 명계에 왔고 제아노스 일행이 없었다면 그저 악령의 왕과 싸우게 됐을 것이다. 악령의 왕이 부활한 것과 내 존재는 상관없는 모양이니까. 운이 좋은 건지 나쁜 건지……. 응, 부모님과 만나게 됐으니까 좋은 거겠지. 죽은 건 좀 그렇지만.

우리가 그러고 있는 동안 부모님과 나튜리아나 씨도 대화를 나누고 있었다.

“나튜리아나 씨. 알 수 없는 인물들이 나타났나 싶더니 어느새 두 사람이 됐는데요…….”

“저도 전투에는 문외한이라 무슨 일이 벌어졌는지 설명할 수가 없네요…….”

"어? 세이이치, 지금 싸우고 있는 거니?"

"폭력은 안 된다, 폭력은."

"아뇨, 그렇게 가벼운 상황은 아닌데…… 그게…… 설명하기 어렵네요……."

나튜리아나 씨가 난처하게 웃었다.

아빠, 폭력은 안 된다고 말할 상황이 아니에요! 진짜 뒤숭숭하네.

부모님의 대화를 듣고 있으니 지금까지 멍하니 있던 제아노스 일행이 제정신을 차렸다.

"……예상보다 너무 엄청난 전개라서 넋이 나갔었지만, 곰곰이 생각해 보니 엘리자베스도 폐하도 우리와 인연이 있는 상대지."

"……유감스럽게도 임금님과 피에르는 바로 사라졌지만."

"그럼 남은 두 사람은 나랑 제아노스가 상대하는 게 좋지 않을까? 그러는 편이 후련할 테고."

"그렇군…… 세이이치 공. 이 두 사람은 우리에게 맡겨 주겠나?"

"어? 딱히 상관없지만…… 괜찮아? 다들 생전처럼 완전한 상태는 아니잖아?"

"그렇지. 하지만…… 이건 우리 문제니까."

그렇게 말하는 제아노스의 눈을 보니 이건 내가 아무리 말해도 소용없겠다는 생각이 들었다.

나는 순순히 물러났고, 대신 제아노스와 루시우스 씨가 앞으로 나가자 엘리자베스와 용사의 모습이 달라졌다.

"오? 뭐야, 썩을 마족이 이 몸을 상대하려는 건가? 아주 우습게 봤나 보네."

"흐응. 제아노스, 당신이 날 상대하는 거구나? 좋아, 내 모든 원한을 부딪쳐 주겠어……!"

갑자기 태도가 세졌네.

무심코 감상을 하고 있는데 제아노스와 루시우스 씨는 동정하는 눈길로 엘리자베스와 용사를 바라보았다.

"엘리자베스…… 미안하오. 내가 한심했던 탓에……."

"……너도 시대의 피해자였을지도 몰라."

그렇게 각각 말하자 엘리자베스와 용사의 얼굴이 시뻘게졌다.

"뭐야, 뭐냐고! 날 그런 눈으로 보지 마! 전부 당신 잘못이야!"

"아아, 아아, 아아! 진짜 기분 더럽네? 마족 주제에 이 몸을 동정하는 거냐? 웃기지 마!"

엘리자베스와 용사는 검은색 에너지 덩어리 같은 것을 주위에 생기더니 제아노스와 루시우스 씨를 향해 날아갔다. 아마 부정적인 에너지 그 자체일 것이다.

그럼 저걸 맞으면 큰일 날 텐데…….

"최소한의 속죄라오. 고통 없이 편이 잠드시오."

제아노스는 내가 가진 【증오가 소용돌이치는(블랙) 세검】과 비슷한 검을 뽑아 순식간에 엘리자베스에게 다가갔고 그대로 심장을 정확하게 꿰뚫었다.

“나는 【마왕】이고 너는 【용사】야. 만약 다른 입장으로 만났다면 뭔가 달랐을까?”

루시우스 씨는 주위에 칠흑색 창을 수십 개 전개하여 용사의 검은색 에너지에 부딪쳐 없애고 그대로 용사의 몸통을 꿰뚫었다.

“이, 이럴 수가…….”

“거, 짓말…….”

너무나도 싱거운 결말이었다.

제아노스와 루시우스 씨도 이 싱거운 결말에 눈을 크게 떴다.

제아노스가 검을 뽑고 루시우스 씨가 마법을 없애자 그 순간 두 사람은 빛의 입자가 되어 사라졌다.

“…….”

“뭐랄까…… 싱거웠네…….”

루시우스 씨가 허망한 음성으로 그렇게 중얼거렸다.

“……우리도 세이이치 공 근처에 있으면서 모르는 사이에 『생명력』이 강화된 거겠지. 결과적으로 엘리자베스를 고통 없이 보내줄 수 있었어. 세이이치 공, 고맙다.”

“제아노스 님…….”

제아노스는 내게 감사 인사를 했다.

그리고 내가 고개를 들라고 말하려던 그때였다.

『아직이다…… 아직 나는 지지 않았다!』

조금 전까지 엘리자베스와 적측 용사가 있던 곳에 불길한 칠흑색 연기 같은 것이 모였다.

그리고 그것은 빨간 눈을 번뜩이며 점차 몸을 형성했다.

『나는 악령의 왕! 고작 인간 따위가 나를 없앨 수는―.』

"너 때문에 분위기 다 망쳤잖아!"

모처럼 제아노스와 루시우스 씨가 인연 깊은 상대를 쓰러뜨리고 감상에 젖어 있는데 느닷없이 부활이니 뭐니 말하기 시작한 악령의 왕이 방해했다.

그래서 나는 즉각 퇴장시키기 위해 안면에 주먹을 때려 박았다.

그러자 악령의 왕은 순식간에 티끌 하나 남지 않고 깔끔하게 존재가 날아갔다.

"나올 거면 좀 이따가 나와! 자, 제아노스. 안심하고 감상에 젖어!"

"그건 무리지."

그렇겠죠! 알고 있었어.

맥 빠지는 방식으로 끝나고 말았지만, 이리하여 악령의 왕을 간단히 쓰러뜨릴 수 있었다.

『레벨이 오르셨습니다.』

겸사겸사 레벨도 올랐다. 간단히 끝났는데 말이지!

행복을 향한 한 걸음

악령의 왕을 쓰러뜨리면서 레벨이 올랐다는 알림을 받고 곧장 스테이터스를 확인해 봤지만 변화가 있었던 것은 스킬뿐이었다.

"음?"

내가 새로이 손에 넣은 것은 고유 스킬【동조】였다.

……또 알 수 없는 스킬을 손에 넣었네.

이름을 쳐다본다고 무슨 스킬인지 알 수 있는 것도 아니기에 순순히 어떤 효과인지 확인하니…….

【동조】……주위와 동조한다.

이해가 안 돼!

이 설명은 뭐야?! 이것만으로 알 수 있을 것 같아?! 모른다고!

좀 더 자세한 설명은 없어?!

어떻게든 스킬 효과를 조사하려고 했지만 다른 표기는 나타나지 않아서 결국 효과를 알 수 없었다.

납득하지 못하고 있으니 보물상자와 부모님이 다가왔다.

"……변함없이 가차 없다…… 무심코 상대를 동정하고 말았다……."

"그때는 대단히 죄송했습니다."

비슷한 형식으로 쓰러뜨렸었기에 보물상자에게는 사과할 수밖에 없었다. 죄송합니다.

"세이이치. 아주 훌륭하게 컸구나. 아빠는 기쁘다."

"그러게. 장래가 기대돼."

부모님은 온화하게 미소 지으며 내 머리를 쓰다듬어 주었다.

멋쩍었지만 기쁨이 더 강했기에 조용히 손길을 받아들였다.

그러고 있는데 갑자기 주변 일대에 목소리가 울렸다.

『……세이이치 님…… 세이이치 님…….』

"어?"

"이 목소리는……."

"뭐야?"

갑작스러운 목소리에 다들 놀란 것 같았지만 나는 들은 적 있는 목소리였기에 냉정하게 대답했다.

"아, 명계 씨."

"명계?! 이 목소리가 명계의 목소리란 말이야?!"

"어? 응."

"왜 너는 냉정한 거야……."

아벨의 동료인 사냥꾼 안나가 지친 모습으로 그렇게 중얼거렸다.

아, 보통은 패닉에 빠지겠지. ……아니, 나도 평범해!

"이제 괜찮아?"

『……네…… 세이이치 님 덕분에 무사히 새로운 문지기를 만들어 낼 수 있었습니다…… 감사합니다…….』

"천만에."

"……명계가 말을 거는 상황도 이상하지만, 그 상황에 적응한 세이이치 군이 더 이상해……."

기막혀하며 웃는 루시우스 씨에게 나는 아무런 대꾸도 할 수 없었다. 그 말이 맞습니다.

"그럼 내 역할은 끝났으니 원래 있던 인간계로 돌려보내 줄 거지?"

『……네…… 약속한 대로 인간계에 돌려보내 드리겠습니다…….』

"앗싸아아아아아아아아!"

다행이다! 죽지 않고 돌아가게 됐어!

그렇게 기뻐하다가 문득 어떤 사실을 깨달았다.

"아…… 그러고 보니 이 세계의 시간축과 인간계의 시간축은 어떻게 되어 있어……?"

만약 무사히 돌아가더라도 「인간계에서는 100년이나 지난 뒤였습니다」 상태가 되는 건 사양이다. 사리아와도 헤어지게 되니까.

그리고 명계는 하늘도 줄곧 똑같은 색깔이라 솔직히 얼마나 시간이 지났는지도 알 수 없었다.

하지만 내 걱정은 기우로 끝났다.

『……안심하세요…… 명계의 시간축과 인간계의 시간축은 같습니다…… 세이이치 님이 명계에서 보낸 시간은 하루 정도일 겁니다…….』

"그런가. 그럼 안심이네."

우라시마 타로#2가 되지 않아서 다행이다.

돌아간 순간에 아는 사람이 한 명도 없거나 할아버지가 되는 건 싫으니까. ……이 몸이라면 적응할 수 있을 것도 같지만.

"그럼 바로 원래 세계로 돌려보내 줘. 아, 부모님이랑 다른 사람들도 같이 가는 거지?"

그렇게 말하고서 부모님 쪽을 돌아보자 다들 곤란한 표정으로 웃고 있었다.

"……왜 그래?"

"……세이이치, 미안하다. 아빠랑 엄마는 갈 수 없어."

"……뭐?"

나는 그 말뜻을 이해할 수 없었다.

"무, 무슨 소리야. 같이 돌아가자. 응? 제아노스랑 다른

#2 우라시마 타로 일본의 옛날이야기. 거북이를 구해 준 답례로 용궁에 초대받아서 지내다 돌아와 보니 시간이 몇백 년이나 흐른 뒤였다는 이야기.

사람들도…….”

제아노스는 천천히 고개를 가로저었다.

“아쉽지만 무리야.”

“어째서!”

“우리는 죽었으니까.”

루시우스 씨가 분명하게 그리 말했다.

“뭐?”

“그러니까 여기서 작별이야, 세이이치.”

“어, 어째서. 악령의 왕도 쓰러뜨렸고, 이대로 나랑 같이 원래 세계로 돌아가자. 그리고 죽었다니…… 다들 이렇게 살아 있잖아!”

“세이이치 군, 말했지? 우리는 너처럼 살아 있는 게 아니야.”

“어째서?!”

다정하게 타이르는 루시우스 씨에게 나는 따졌다.

“한번 죽은 인간은 되살아나지 않아. 물론 소생 마법도 있지만, 그건 죽자마자 써야 효과를 발휘해. 이건 세계의 규칙이야. 누구도 바꿀 수 없는 절대적인 일이야.”

“그, 그렇다면 명계 씨! 부모님이랑 다른 사람들도 인간계로 돌려보내 줘! 악령의 왕을 해치우는 거 도와줬잖아!”

『……세이이치 님…… 그건 불가능합니다…… 불가능해요…… 저는 명계 그 자체이기에 규칙을 어길 수는 없습니다…….』

“…….”

미안해하며 말하는 명계의 목소리를 듣고 나는 입을 다물었다.

주먹을 꽉 움켜쥐고서 고개를 숙이고 있으니 엄마가 나를 껴안았다.

"세이이치. 괜찮아. 너라면 괜찮아. 뭐니 뭐니 해도 엄마랑 아빠의 자랑스러운 아들이니까. 새로운 세계에서 소중한 사람이 생기지 않았니? 그 사람을 울려선 안 돼. 자, 어서 가. 너의 소중한 사람이 기다리고 있어. 우리는 함께 갈 수 없지만, 앞으로도 즐겁게 살으렴."

울먹거리는 얼굴로 웃으며 엄마는 그렇게 말했다.

그 말을 듣고 나는…….

"그딴 거 알 게 뭐야!"

『……!』

"세계의 규칙? 즐겁게 살라고? 바보 취급하지 마."

"세이이치. 아빠랑 엄마는 진지한 얘기를……."

"진지한 얘기 따위 알 바 아니야! 웃기시네!"

"웃기시네?"

부모님의 말에 열이 확 뻗쳤다.

확실히 여러 이야기 속에서는 죽은 사람과 만나고 그 사람이 되살아나지 않아도 주인공은 앞을 보며 행복한 결말을 맞이한다.

하지만…… 소중한 사람이 죽었는데 행복할 수 있겠냐고!

"내가 즐겁게 살기를 바란다면 살아 줘! 좋아하는 사람…… 소중한 사람이 죽었는데 즐겁게 살 수 있을 리가 없잖아?!"

"세이이치. 이건 소설이나 영화가 아니야."

"그래, 아니지!"

소설이나 영화는 때로 잔혹하다.

소중한 사람의 죽음을 양식 삼아 주인공은 행복으로 나아가니까.

"소설이나 영화가 아니니까 나는 내 행복을 위해 모두를 되살릴 거야!"

바보 같은 말이다. 인생을 만만히 보고 있다고도 생각한다.

그래도 나는 내 마음을 부정하고 싶지 않았다. 억지스럽더라도 나는 내 뜻을 이루고 싶었다.

세계의 규칙 따위 알 바 아니다.

주위에서 뭐라 하든 나랑은 상관없다.

그저 내가 생각하는 행복을 위해 억지를 부리고 있는 거니까.

내 말과 험악함에 다들 압도된 가운데, 어떻게든 정신을 차린 아빠가 입을 열었다.

"입으로는 무슨 말이든 할 수 있지만 현실은 그렇게 녹록하지 않아. 포기해."

다시 한번 타이르듯 내게 말했다.

아빠뿐만이 아니었다. 명계마저도 내가 포기하도록 설득

했다.

하지만 내 몸만큼은 나의 목소리에 응답했다.

『스킬 【동조】가 발동했습니다. 이에 따라 주위와 동조합니다.』

갑자기 흐른 머릿속 안내 방송에 나는 일순 멍해졌다.

뭐? 동조? 손에 넣긴 했지만 뭔지 알 수 없었던 그 스킬이 왜…….

영문을 알 수 없어서 멍하니 있으니 돌연 부모님과 다른 사람들의 몸이 빛나기 시작했다.

"뭐야?!"

"이건……."

다들 자신의 몸에 일어난 현상에 놀라는 가운데, 내 머릿속에 또 안내 방송이 흘렀다.

『동조를 완료했습니다. 이번 동조는 세이이치 님의 【생자(生者)】 성질을 본체로 주위가 세이이치 님과 동조했기에 주위에 있는 【사자(死者)】가 【생자】로 변경되었습니다.』

나는 아무 말도 할 수 없었다.

그건 나뿐만이 아닌지 부모님과 다른 사람들도 말을 잇지 못했다.

그러다가 루시우스 씨가 쓴웃음을 지으며 말했다.

"두 손 들었어…… 설마 규칙을 깨 버릴 줄이야……."

"서, 설마……."

아빠가 그렇게 묻자 루시우스 씨는 온화하게 웃으며 대답했다.

"우리는 세이이치 군 덕분에 되살아난 모양이야."

『……!』

믿을 수 없다는 것처럼 부모님의 눈이 휘둥그레졌다.

하지만 명계가 루시우스 씨의 말을 뒷받침하듯 말했다.

『……정말 믿을 수 없는 일이지만…… 여러분은 세이이치 님과 똑같은 【생자】가 되었기에 인간계에 돌아갈 수 있습니다…… 정말로…… 어떻게 된 건지 모르겠지만…….』

명계에게 그런 말을 들은 부모님은 한동안 아무 말도 못 했지만 이내 나를 와락 껴안았다.

"세이이치! 나, 나는…… 다시 네 곁에서 성장을 지켜볼 수 있는 수 있는 건가?! 그렇지? 그런 거지?"

"세이이치…… 세이이치……!"

아빠와 엄마 사이에 끼어 몸이 시달렸지만 나는 웃으며 두 사람을 마주 안았다.

"맞아. 내가 어른이 된 뒤로도 건강하게 살아 있어 줘."

"그래…… 그래……!"

"물론이지……! 손주를 보고, 손주가 성장할 때까지 죽지 않을 테니까……! 그러니까 얼른 결혼하렴!"

"그건 역시 너무 성급해!"

난 아직 고등학생이라고! ……아니, 지금은 선생님 일을 하고 있지만!

제아노스 일행도 각각 살아서 인간계에 돌아갈 수 있다는 기쁨을 곱씹으며 서로 기뻐했다.

누가 뭐래도 나는 의미 있는 죽음 따위 바라지 않는다. 하물며 소중한 사람이 죽은 채라니 허락할 수 없다.

이렇게 소중한 사람이 웃으며 살아 주는 것이야말로 내 행복이다.

귀환

"세이이치."

"응?"

다 같이 인간계에 돌아가기로 결정된 후, 아빠는 진지한 표정으로 나를 바라보았다.

"하나 말해 두마. 이번 같은 일은 이제 하지 마."

"어?"

나는 아빠의 말에 고개를 갸웃했다.

"예를 들어 천수를 누리고 인생에 만족하며 죽은 사람이 있다고 하자. 그 사람을 되살리는 건 좋은 일일까?"

"그건……."

말문이 막힌 나를 아빠는 다정하게 쓰다듬었다.

"죽은 자에 대한 모독이라는 말이 있지? 네 행동은 그에 가까운 행위야. 물론 네가 생명을 소홀히 여긴다고는 눈곱만큼도 생각하지 않아. 하지만 생명은 자연스럽게 다하는 거란다. 그리고 죽은 사람은 두 번 다시 되살아나지 않아. 머릿속에 넣어 둬."

"……."

"확실히 천수를 누리지 못하고 죽어 버리는 사람도 있어. 질병 등은 대처할 수 있기도 하지만 그러지 못하기도 해. 하지만 그것도 운명이겠지. 그러나 그 이외의…… 사고나 사건에 휘말려 소중한 사람이 죽었을 때는 어쩌면 좋을까? 아빠의 말을 떠올리며 생각해 보렴."

이 느낌은 아빠가 나를 꾸짖을 때와 똑같았다.

아빠는 호통치면서 꾸짖는 게 아니라 내가 생각하도록 만들었다.

이번에는 되살리지 말라고 하고 싶은 거겠지.

그렇다면…….

"……사고나 사건에 휘말리지 않도록 한다?"

"그러네. 그렇게 미연에 방지할 수 있다면 그게 제일이지. 그럼 사고나 사건에 휘말리지 않도록 하려면 어떻게 해야 할까?"

"어……."

역시 그건 나도 모르겠다.

늘 조심한다든가?

하지만 아무리 조심해도 사건, 사고를 완벽하게 막는 것은 무리다.

너무 막연해서 결국 알 수 없었다.

그러자 아빠는 분명하게 잘라 말했다.

"간단해. 네가 지켜 주면 돼."

"어?"

"아빠는 그러지 못했지만, 모처럼 남자로 태어났으니 소중한 사람 정도는 지킬 수 있어야지."

"……그거, 답이 안 되지 않아?"

아빠는 진짜…….

이렇게 자상하게 타이르고 이끌어 주는 아빠였기에 나는 힘낼 수 있었던 것이다.

"이것저것 말했지만, 아빠가 세이이치에게 하고 싶은 말은 『죽음』이란 건 결코 나쁜 게 아니라는 거야. 이번 일뿐만이 아니라, 말의 인상만으로 받아들이지 말고 확실하게 스스로 생각하렴."

"……네."

아빠와 그런 대화를 나누고 있으니 제아노스가 다가왔다.

"마코토 공. 이런 일은 아마 앞으로 없을 겁니다."

"제아노스 씨. 그건 무슨 뜻이죠?"

"체감하고 알았는데 아무래도 우리는 세이이치 공의 몸…… 살아 있는 육체에 감화되어, 사자로서의 몸이 생자의 몸으로 바뀌면서 되살아나게 된 것 같습니다. 죽었으면서 의식이 존재하는【명계】이기에 가능했던 일이니…… 원래 세계에서 사람이 죽더라도 같은 방법으로는 되살릴 수 없을 겁니다. 죽어 버리면 의식은【명계】로 여행을 떠나니까요……. 다시 한 번 똑같은 일을 하는 건 거의 불가능하겠죠."

『……맞습니다…… 이번 일을 바탕으로 저도 명계의 입장

제한을 엄격하게 했으니까요…… 아무래도 저 또한 세이이치 님의 영향을 받은 모양이라…… 예전에는 할 수 없었던 일이 가능해졌습니다…… 입장 제한도 그중 하나입니다…… 죽지 않은 인간이 전이 마법을 쓰거나 인간계 서쪽 끝에 존재하는 문을 지나는 일도 불가능해질 겁니다…….』

명계도 제아노스의 말에 동의했다.

잠깐, 명계한테까지 영향을 주는 나는 대체 뭐야? 이제 뭐가 어떻게 된 건지 모르겠어.

아무튼 이번 같은 일은 이걸로 끝이라는 것만큼은 알 수 있었다.

……뭐, 부모님이 죽었다는 건 알고 있었고, 억지를 부렸다는 것도 이해하고 있다.

죽은 부모님이 나처럼 돌아갈 수 있을 리가 없다는 건 알고 있었다.

하지만 이렇게 부모님과 함께 지내니 죽음을 인정하고 싶지 않았다.

냉정히 생각해 보면 정말 영문 모를 말을 떠들었던 것 같지만…….

그래도 이렇게 부모님과 재회하고 접하면서…… 이제 다시는 느낄 수 없을 줄 알았던 온기를 체감하고 말았으니까.

또 아무것도 못 한 채, 그것도 눈앞에서 부모님과 헤어지는 것만큼은…… 견딜 수가 없었다.

몸은 예상치 못한 방향으로 나아가고 있는데 말이지…… 정신은 전혀 성장하질 못했네. 한심한 이야기지만…….

"그리고 저는 살아 돌아가게 되어서 순수하게 기쁩니다."

"그, 그렇습니까?"

제아노스는 되살아난 것이 순수하게 기쁘다고 말해 주었다.

"사람에 따라서는 죽은 자에 대한 모독이라고 생각할 수도 있습니다. 하지만 저는 살고 싶었습니다. 살고 싶었어요. ……여기 있는 마리와 함께."

"제아노스 님……."

"어느 쪽이든 오만한 건 똑같지 않을까요. 죽은 자를 되살리는 것이 오만이라면 죽은 자의 마음을 대변하는 것 또한 오만입니다. 어디까지나 제 개인적인 생각입니다만."

"하아……."

아빠와 제아노스가 뭔가 어려운 이야기를 했다. 나는 전혀 이해할 수 없으니 좀 더 간단히 말해 줬으면 좋겠다. ……아, 내가 그냥 바보인 건가.

"뭐, 어때! 어려운 얘기는 그만하자! 봐, 세이이치 군이 굳어 버렸잖아."

"아니, 들켰잖아!"

"그야 얼굴에 당당히 드러나 있었으니까."

난 진짜 글러 먹었구나.

나는 얼버무리듯 웃은 후, 궁금했던 점을 명계에게 물었다.

"그러고 보니 문지기를 만들어 냈다고 했는데, 바로 문을 지키고 있는 거야?"

『……아뇨…… 방금 막 만들어서…… 마침 세이이치 님 근처에 있습니다…….』

"내 근처?"

뒤돌아보니 그곳에는 일본사 교과서 등에서 본 적이 있는 금강역사상이 보디빌딩 포즈 중 하나인 랫 스프레드 자세로 서 있었다. 어느새? 그보다 얼굴은 무섭게 생겼는데 포즈가 이상하잖아? 심지어 캐릭터가 겹쳐! 근육 캐릭터는 갓슬만으로도 충분해!

갑작스러운 금강역사상의 출현에 놀라고 있는데 부모님은 눈을 반짝였다.

"여보, 여보! 금강역사상이에요!"

"오오! 그러네! 설마 지구가 아닌 이런 곳에서 보게 될 줄이야."

"사진! 사진 찍어요!"

"그럼 스마트폰…… 미안, 그러고 보니 스마트폰 안 가지고 있었어……."

"그럴 수가…… 세이이치! 넌 스마트폰 없니?"

"여기 와서 관광 기분?! 갖고 있긴 하지만!"

그랬다. 가지고 있었다……. 판타지 브레이킹도 작작 좀 해. 내가 만든 거지만 말이지.

하지만 인스턴트 폼 마법으로 만든 스마트폰이니까 역시 카메라 기능은…….

"……있잖아."

준비성 좋네? 깜짝 놀랐어!

카메라 기능이 있는 것에 깜짝 놀라고 있으니 엄마가 신난 모습으로 아빠에게 말했다.

"여보! 같이 찍어요!"

"그래. 세이이치도 와."

"어? 아, 응."

이러고 있어도 돼? 하는 느낌으로 제아노스 일행을 둘러보자 뭔가 뜨뜻미지근한 시선을 우리에게 보내고 있었다. 우와, 너무 창피해.

내가 수치심에 얼굴이 빨개지든 말든 아랑곳없이 부모님은 내 팔을 잡아당겨 두 사람 사이에 세웠다.

그리고서 엄마는 자상한 음성으로 말했다.

"……어느새 이렇게나 컸구나……."

"……그러게. 이제 아빠보다 더 크네……."

두 사람의 시선이 낯간지러워서 나는 괜히 큰 목소리로 말했다.

"다, 다른 사람들도 기다리고 있으니까 빨리 끝내자! 찍는다!"

"그것도 그러네."

부모님의 얼굴이 내 얼굴로 다가왔다.

셀카는 찍어 본 적이 없어서 잘 모르지만 서툰 손놀림으로 어떻게든 조작해서…….

"스마일, 스마일!"

"얼굴이 딱딱해."

부모님에게 그런 말을 들으며 나는 사진을 찍었다.

"자, 치즈!"

그렇게 말한 순간, 어째선지 금강역사상도 웃으며 우리 뒤에서 양손으로 피스 사인을 만들었다.

어이, 너무 촐싹거리잖아! 문지기의 위엄은 어쨌어?

금강역사상은 사진을 다 찍자 다시 아무 일도 없었던 것처럼 아까와 똑같은 포즈로 돌아갔다.

"세이이치, 찍었니?"

"어? 아……."

내가 뭐라고 하기도 전에 스마트폰을 가져간 부모님이 사진을 확인했다.

역시 저 험상궂은 금강역사상이 피스 사인을 한 걸 보면 놀라겠지.

"응, 잘 찍혔네!"

"그러게. 금강역사상도 즐거워 보여!"

"안 놀라잖아!"

오히려 당연하게 받아들이고 있어! 역시 우리 부모님이야! 나는 절대 저렇게 못하지만. 뭐, 명계에서도 관광 기분으로 사진 찍자고 말했을 때부터 알고 있었다.

변함없이 엉뚱한 부모님의 모습에 놀라고 있으니 명계가 말을 걸어왔다.

『……다 하셨나요……?』

“아, 네. 죄송합니다.”

『……아닙니다…… 신경 쓰지 마시길…… 명계에서 사진 찍는 분은 처음 봤습니다만…….』

그야 그렇겠지. 관광 장소로는 너무 위험하다. 죽은 곳이고.

『……그럼 슬슬 여러분을 인간계로 전이하겠습니다…… 전이하는 곳은 세이이치 님이 이곳에 오기 전에 계셨던 장소입니다…….』

즉, 바바드르 마법 학원의 투기장인가.

……그런 일이 있었으니 투기장에는 아무도 없을 테고, 우리가 갑자기 나타나서 깜짝 놀랄 일은 없겠네.

“알겠어.”

『……그럼 전이를 시작합니다…… 세이이치 님…… 정말 감사했습니다…….』

“……나야말로 고마워.”

우리의 발밑에 전이 마법이 시전 되었다.

그리고 명계는 마지막으로 이렇게 말했다.

『……당신의 미래에 축복을…… 또 놀러 와 주세요…….』

“명계는 그렇게 가벼운 마음으로 놀러 와도 되는 곳이 아니잖아!"

마지막 순간에 그런 권유를 받고서 나는 다른 사람들과 함께 전이했다.

◆ ◇ ◆

"……돌아……왔나……?"

전이 마법이 발동한 후, 내 시야에 날아든 것은 바바드르 마법 학원의 투기장이 틀림없었다.

"돌아왔구나……."

당연하지만 역시 투기장에는 아무도 없었다.

"……여전히 믿을 수 없다는 마음이 있었지만…… 우리는 정말로 살아 돌아온 것 같군……."

크게 놀란 듯한 제아노스의 목소리를 듣고 그쪽을 보자 제아노스뿐만 아니라 다른 사람들도 비슷한 반응을 보이고 있었다.

그리고 나튜리아나 씨가 돌연 울기 시작했다.

"아…… 아아…… 우으…… 아아아아아……."

"나튜리아나 씨?! 왜 그러세요?!"

우리는 허둥지둥 나튜리아나 씨 곁으로 갔다.

현자 릴리아나 씨가 등을 쓸어 주는 가운데, 나튜리아나 씨는 오열하며 입을 열었다.

"저…… 저는…… 분했어요……."

"예?"

"……소중한 사람을 남겨 둔 채…… 심지어 그 사람의 눈 앞에서 살해당해서……."

나튜리아나 씨는 이 자리에 있는 누구와도 직접적인 인연이 없었다.

그런데도 이렇게 제아노스 일행과 함께 있다는 건 적어도 나와 어딘가에서 인연이 닿았다는 뜻이었다.

하지만 어떤 인연인지…… 나는 여전히 알 수 없었다.

어째서 죽었는지조차도…….

"더는…… 볼 수 없다고 포기했던 사람과…… 정말로 다시 만날 기회가 생겼다고 생각하니까…… 저……."

"그랬군요……."

릴리아나 씨는 나튜리아나 씨의 등을 계속 쓸어 줬고, 안나 씨는 다정한 어조로 말했다.

"우리는 이 시대 사람이 아니야……. 하지만 안심해도 돼. 네가 그 소중한 사람과 만나게 될 때까지 우리가 협력할게. 그래도 되지?"

"물론! 그게 좋겠지."

"맞아, 맞아. 남도 아니고, 같은 명계에서 돌아온 동료잖아."

아벨과 전사 갈루스도 나튜리아나 씨에게 말했다.

그런가. 잊고 있었지만, 아벨 일행뿐만 아니라 제아노스와 루시우스 씨도 이 시대 사람이 아니었다.

부모님에 이르러서는 이 세계 사람조차 아니고…….

그런 생각을 하고 있으니 아빠가 입을 열었다.

“세이이치.”

“응?”

“아빠랑 엄마는 신경 쓰지 마.”

“뭐?”

아빠의 말에 나는 멍해질 수밖에 없었다.

그러자 아빠는 그런 나를 무시하고 말을 이었다.

“아빠랑 엄마는 널 방해하지 않아. 마음대로 살렴.”

“마음대로 살라니…… 아빠랑 엄마는 어쩌려고?”

나는 부모님이 옆에 있어 줬으면 했다.

그러자 이번에는 엄마가 내게 말했다.

“우리는 어디 한 곳에 자리 잡아 느긋하게 살 거야. 정원을 꾸며 보고 싶었단 말이지~.”

엄마는 평소와 같은 마이페이스로 그런 말을 꺼냈다.

“느긋하게 살겠다니…… 어디서 살려고.”

“글쎄? 세이이치, 좋은 곳 모르니?”

“결국 나한테 묻는 거야?! 나보다도 제아노스가 더 자세히 알지 않을까…….”

“내가 있던 시대와는 다르고, 그런 좋은 장소를 알았다면 생전에 그런 일을 겪지 않았을 거야.”

너무나도 설득력 있는 말에 나는 입을 다물 수밖에 없었다.

아니, 갑자기 좋은 장소를 물어봐도 말이지…….

거기까지 생각했다가 한 장소가 떠올랐다.

"……있었어."

"어머, 그게 어딘데?"

"윔블그 왕국의 왕도인 테르베르라는 곳. ……이 세계에 던져져서 아무것도 모르던 나를 따뜻하게 맞아들여 줬던 곳이야."

내게는 제2의 고향이라고 해도 될 곳이었다.

변태들이 만연해서 사실은 추천하기 어렵지만.

"그래? 세이이치가 신세 졌다면 감사 인사를 하러 가야겠네."

"그렇지."

부모님은 그렇게 말하고서 명랑하게 웃었다.

"……하지만 이 세계는 위험해. 그런데 떨어져서 지낸다니……."

이 세계는 지구와 비교도 안 될 만큼 많은 위험이 도사리고 있는 세계였다. 그래서 두 사람과 떨어지고 싶지 않았다. 물론 일본도 완전히 안전하진 않았지만.

그렇게 걱정하고 있으니 제아노스가 나를 안심시키듯 말했다.

"세이이치 공. 부모님은 내게 맡겨 주지 않겠나?"

"뭐?"

"그러네. 나도 너희 부모님을 확실하게 지킬 테니까 안심해도 돼."

"나도…… 지킨다…… 너의 가족……."

게다가 루시우스 씨와 보물상자까지 그렇게 말했다.

아니, 거기까지 가면 이번에는 과잉 전력인데? 초대 마왕과 용사의 스승이 호위라니, 무슨 요인 경호인가요? 보물상자는 잘 모르겠지만.

나도 모르게 얼굴을 어색하게 굳히자 제아노스가 설명했다.

"아까도 말했지만 우리는 이 시대 사람이 아니야. 그렇기에 일해야만 해."

"일한다고?"

"그래. 우리는…… 무직이야."

"아."

그야 그렇겠지.

제아노스는 생전에 공작이었을지도 모르지만 국가에 배신당했고, 그 나라도 지금은 멸망했으니 백수나 다름없었다.

"나도 무직이지."

"아, 그럼 우리도 마찬가지인가."

"그러네."

"그렇지."

"어쩌죠?"

여기 있는 전원이 무직이잖아……!

용사와 마왕이 백수라니?! 체면이 말이 아니야!

그런 생각을 하고 있는데 보물상자가 자랑하듯 당당하게 말했다.

"나…… 보물상자. 이것이 나의 일. 너희…… 무직."

"커헉!"

보물상자의 말에 부모님과 나튜리아나 씨를 제외한 전원이 가슴을 움켜잡았다. 방금 그 말은 크리티컬 히트네…….

예상치 못한 대미지를 입은 제아노스는 마음을 추스르고 모두에게 제안했다.

"으, 음. 다 같이 그 테르베르라는 곳으로 이주하는 건 어떨까?"

"아, 괜찮지 않을까? 나튜리아나 씨의 소중한 사람도 그곳을 거점으로 삼아 찾으면 되고."

"나튜리아나가 그래도 상관없다면 우리도 불만 없어."

"맞아. 길드도 있을 테니 거기 등록해서 돈을 벌면 되고 말이지."

"그러네. 그게 제일 간단할 것 같아."

"여기 있는 분들이 모험가가 되면 고생하진 않을 테고요."

미안해요, 란제 씨.

터무니없는 멤버가 란제 씨의 나라에서 살 것 같아요. 추천한 사람은 나지만.

무심코 먼 산을 바라보고 있으니 엄마가 상냥하게 웃었다.

"봤지? 세이이치. 우리는 괜찮아. 다 같이 협력해서 헤쳐 나갈 거니까."

"으, 응."

"그리고 너에게는 소중한 사람이 있지 않니?"

"어?"

그런 얘기 했던가?

엄마의 말에 그렇게 생각한 순간이었다.

"세이이치!"

"……!"

그리 오래되지 않았을 텐데 몹시 그립게 느껴지는 목소리.

그저 듣기만 해도 웃음이 절로 나는…… 소중한 사람의 목소리였다.

목소리가 들린 방향으로 고개를 돌리자 울먹이며 웃고 있는 사리아가 있었다.

내가 멍하니 사리아를 바라보자 사리아는 그대로 내 품에 뛰어들었다.

"어서 와, 세이이치!"

"우왓!"

갑작스러운 일에 깜짝 놀라면서도 나는 확실하게 사리아를 안았다.

"사리아?"

"……괜찮을 거라고 믿었지만…… 그래도 무사히 돌아와

서 다행이야."

사리아는 나를 올려다보고 미소 지었다.

그 얼굴을 보고 나는 사리아를 마주 껴안았다.

"다녀왔어, 사리아."

"응! 어서 와!"

나와 사리아는 그 자리에서 서로를 부둥켜안았다.

"어머나, 오늘 밤은 잔치 국수를 먹어야겠네!"

"세이이치도 어른이 됐구나."

부모님이 옆에 있다는 걸 깜빡했다.

회합 제안

"응응."

"어머, 어머."

부모님 앞에서 당당히 사리아를 얼싸안았던 나는 얼굴이 빨개지는 것을 느꼈다.

저질러 버렸어! 완전히 사리아와 둘만의 세계에 빠져 있었고!

그, 그야 짧은 기간이었지만 사리아와 떨어져 지내서 나도 쓸쓸했단 말이지.

누구에게 변명하고 있는지 모르겠지만, 내심 허둥거리며 부모님에게 시선을 돌리자 두 사람은 다 이해한다는 듯 뜨뜻미지근한 눈으로 나를 보고 있었다.

으아아아아아아아! 부끄러워! 이거 엄청 창피한데요?

세상의 리얼충들은 잘도 이런 부끄러움을 견디는군요? 나한테는 너무 일렀어!

그런 시답잖은 생각을 하고 있으니 사리아가 다른 사람들의 존재를 눈치챘다.

"어라? 이 사람들은?"

"어?! 아, 아아. ……이 사람들은 나와 인연이 있는 사람들……인 것 같아.”

“왜 추측형이야?”

인연의 기준을 나는 잘 모르겠는걸…….

그러자 제아노스가 다정한 얼굴로 사리아에게 말했다.

“오랜만이군, 고릴라 공…… 아니, 사리아 공.”

“어? ……아! 제아노스 씨?!”

어떻게 제아노스는 인간 상태인 사리아를 보고서 그 고릴라라고 알아차린 거야?!

사리아가 인간이 된 건 분명 제아노스를 쓰러뜨린 뒤였을 텐데…….

심지어 사리아도 바로 제아노스라고 알아봤고…… 못 알아본 내가 이상한 건가?

“어? 하지만 제아노스 씨는…….”

“음. 나는 세이이치 공과의 승부에 패해 이 세상에서 완전히 소멸했었지……. 하지만 무슨 운명의 조화인지 명계에서 세이이치 공과 재회했고 나의 소중한…… 마리와도 만나게 됐어.”

“그럼 당신이 마리 씨?”

사리아가 제아노스 옆에 있던 마리에게 말을 걸자 마리 씨는 공손하게 인사했다.

“네…… 제아노스 님을 모시는 메이드 마리입니다.”

마리 씨의 자기소개를 듣고 사리아는 활짝 웃더니 마리 씨를 껴안았다.

"잘됐다~! 제아노스 씨와 함께하게 됐구나!"

"예?! 저, 저기…… 네."

마리 씨도 처음에는 사리아의 행동에 눈을 동그랗게 떴지만, 부끄러워하는 얼굴로 제아노스를 보고 나서 뺨을 붉히며 고개를 끄덕였다.

……나와 사리아는 제아노스의 생애가 적힌 이야기를 읽어서 마리 씨와 제아노스의 결말을 알고 있으니 말이지.

그 두 사람이 이렇게 행복해 보여서 사리아는 기쁜 거겠지.

마리 씨를 껴안고 있는 사리아에게 이번에는 루시우스 씨가 말을 걸었다.

"안녕. 나는 누군지 알려나? 아니, 알 리가—."

"초대 마왕님?"

"어떻게 알았어?!"

물어본 장본인인 루시우스 씨가 사리아의 말에 놀랐다. 나도 깜짝 놀랐지만. 진짜 어떻게 알았어?

"그럼 우리가 누군지도 알겠어?"

"잠깐, 역시 그건 모르겠지."

아벨이 씩 웃으며 사리아에게 묻자 동료인 안나가 어이없다는 눈으로 아벨을 보았다.

하지만 사리아는 웃으며 단언했다.

"용사 아벨 씨와 전사 갈루스 씨, 그리고 사냥꾼 안나 씨랑 현자 릴리아나 씨!"

"말도 안 돼!"

"정말로 맞혔어……."

깜짝 놀라는 아벨 뒤에서 갈루스가 작게 중얼거렸다.

"저, 저기…… 어떻게 저희를 아세요……?"

릴리아나가 그렇게 묻자 사리아는 조금 생각하는 모습을 보이고서 입을 열었다.

"야생의 감!"

야생의 감이란 건 진짜 뭘까.

이따금 사리아는 이 야생의 감을 발동시키는데 한 번도 빗나간 적이 없다. 이쯤 되면 예지 수준 아닌가? 야생 대단해.

사리아의 대답을 듣고 아니나 다를까 아벨 일행은 미묘한 표정이 되었다.

……뭐, 사리아가 말을 배우기 위해 읽었던 것이 아벨의 일기였고, 이름은 알고 있으니 맞힐 수도…… 아냐, 이름만 안다고 어떻게 맞혀.

스킬 『감정』을 쓴다면 또 모르지만.

그러고 보니, 새삼스럽지만 나랑 사리아는 아벨의 일기를 읽었고…… 본래 일기라는 것은 교환 일기가 아닌 한은 남에게 보여 주고 싶지 않은 물건이다.

그것을 우리는 읽어 버렸는데…… 응, 입 다물고 있자. 아니, 이상한 내용은 적혀 있지 않았지만, 심정적으로 역시 싫을 테니까.

"……나, 기억해?"

"보물상자 씨다! 기억해~!"

홀로 아벨의 일기를 마음속에 고이 묻고 있으니 사리아가 보물상자와 이야기하기 시작했다.

……아니, 응. 보물상자와의 만남……과 이별은 내 정신이 피폐해진다. 계속 말하지만 쓰러뜨릴 생각은 없었어! 예상 이상으로 내 몸이 위험했을 뿐이야!

사리아는 결국 대부분의 사람을 단박에 맞혔지만 나튜리아나 씨를 보고서 고개를 갸웃했다.

"어어…… 저는 나튜리아나라고 해요. 그…… 절 아시나요?"

"으음…… 나튜리아나 씨는 모르겠어……."

"그런가요……."

나튜리아나 씨는 미묘한 표정을 지었다.

그야 그렇겠지.

내 영향으로 불려 왔을 텐데 그 인연이 뭔지 전혀 알 수 없으니까.

진짜 어디서 인연이 생긴 걸까…….

나튜리아나 씨와의 인연을 생각하고 있으니 부모님이 사리아에게 말을 걸었다.

"실례할게요. 사리아 양……이라고 부르면 될까?"

"어?"

"아무래도 세이이치가 신세 지고 있는 모양이야."

"정말로 고마워. 딱 봐도 네가 세이이치를 소중히 여기고…… 그리고 세이이치도 널 소중히 여긴다는 걸 잘 알겠어."

틀린 말은 아니지만, 이렇게 다른 사람의 입으로 들으니 괜히 부끄러워!

사리아는 우리 부모님을 보고 일순 멍한 표정을 지은 후, 눈을 반짝였다.

"혹시…… 세이이치의 부모님이신가요?!"

"맞아."

부모님이 상냥하게 웃으며 그렇게 대답하자 사리아는 허둥지둥 부모님을 향해 몸을 돌렸다.

"어어…… 저는 사리아예요! 세이이치의…… 아내예요!"

사리아가 얼굴을 새빨갛게 물들이며 그렇게 말하자 제아노스와 루시우스 씨는 고개를 끄덕였고 아벨 일행은 히죽거리며 우리를 보았다.

그리고 부모님은—.

"여보, 들었어요?!"

"그래, 확실히 들었어."

"이렇게 예쁜 아이가 세이이치의 여자 친구를 넘어 아내라니…… 오늘은 잔치 국수를 먹어야겠네!"

"아빠랑 엄마가 없는 동안 정말 훌륭하게 컸구나."

"그만해 줘!"

사리아가 아내라는 말은 부정하지 않겠어요! 나도 정말

좋아하니까!

하지만 부모님에게 그 마음이 알려지는 것이 설마 이렇게나 부끄러울 줄은 몰랐어!

부모님보다도 주위의 시선이 귀찮지만 말이지!

수치심에 몸부림치던 나는 이쪽으로 달려오는 인기척을 느껴 그 방향으로 시선을 돌렸다.

"어이, 사리아! 왜 갑자기 달려 나가고…… 세이이치?!"

"주, 주인님!"

"세이이치, 오빠?!"

알과 루루네, 오리가가 나를 보며 깜짝 놀라고 있었다.

수치심 때문에 머리가 돌아가지 않았었지만, 사리아만 여기 있는 것은 확실히 이상했다.

근데 내가 여기로 돌아온다는 건 어떻게 알았을까?

놀라면서도 그런 생각을 하고 있으니 알 일행이 달려와 나를 끌어안았다.

"세이이치……! 무사해서 다행이야……!"

"주인님, 저는 주인님이 반드시 명계를 굴복시키고 돌아올 거라고 믿고 있었어요!"

"……세이이치 오빠, 어서 와."

잇달아 벌어지는 일에 정신이 없긴 했지만 나는 알 일행을 힘껏 끌어안았다.

"응, 다녀왔어."

이렇게나 걱정했구나……. 정말로 나 같은 녀석한테는 아까운 일이다.

근데 루루네는 나를 어떻게 인식하고 있는 거야. 결과적으로 비슷한 상황이 됐으니까 반박할 수 없지만!

사리아도 나와 알 일행이 부둥켜안은 모습을 보고 상냥한 표정을 지었다.

하지만—.

"여, 여보. 정말로 우리가 모르는 사이에 세이이치는 성장한 것 같아요……."

"그, 그러게…… 예상 밖이야……."

부모님은 나와 알 일행의 모습을 보고 어색하게 얼굴을 굳히고 있었다.

……부모님이 옆에 있다는 걸 또 깜빡했다.

◆ ◇ ◆

윔블그 왕국의 왕도 테르베르.

"으음……."

왕성의 일실에서 윔블그 왕국의 국왕 란제는 어떤 서신을 읽으며 침음을 흘리고 있었다.

"이걸 어쩐다……."

"란제 님! 용건이 있다고 듣고 이 갓슬, 토끼뜀하며 왔습니다!"

"그 정보, 필요한가?"

그런 란제의 방에 노크도 없이 나타난 것은 평소처럼 보디빌딩 트렁크만 입은 반나체 모습의 갓슬이었다.

본래 왕족의 방에 노크도 없이 뛰어 들어오는 것은 몹시 불경한 일이지만 란제는 한숨을 한 번 쉬는 데 그쳤다.

"갑자기 불러내서 미안하군."

"상관없습니다! 제가 없어도 길드는 평소처럼 돌아가니까요!"

"그럼 너, 길드에 필요 없잖아."

"신랄해!"

꽤 심한 말을 들었는데도 갓슬의 표정은 특별히 슬퍼 보이지 않았다. 오히려 머리를 치며 명랑하게 웃었다.

"뭐, 좋습니다. 무슨 일로 부르셨습니까?"

"아아…… 국가에서 길드에 의뢰할 것이 하나 있다."

"……호오?"

국가적 의뢰라는 말에 갓슬도 표정을 바로잡았다.

"그렇군요. 『근육을 효율적으로 만드는 법』 강의를 해 달라는 건가요?"

"그럴 리가 없잖아! 뇌까지 근육으로 가득 찼나?!"

"이야~ 그 정도는 아닙니다."

"칭찬한 거 아니야!"

진지한 분위기는 기분 탓이었다.

"그럼 대체 길드에 뭘 의뢰하시려는 겁니까?"

"아니, 이것저것 있잖아?! 이번 건과는 별개로 마물 토벌이라든가!"

"아~ 그런 일도 하고 있었죠."

"누가 이 녀석이랑 길드마스터 자리 바꿔!"

란제의 태클은 타당했다.

"그럼 대체 무슨 의뢰입니까? 전쟁에 참가하라는 내용이라면 단호히 거부하겠습니다."

"그런 말 안 해……. S급 모험가를 전부 소집해 줘."

"뭐라고요?!"

깜짝 놀란 갓슬은 진지한 표정으로 물었다.

"그건 실력만 S급인 모험가를 말씀하시는 겁니까? 아니면 실력과 칭호 모두 S급인 모험가입니까?"

"당연히 실력과 칭호 모두 S급인 모험가지! 실력만 S급인 변태들을 내가 왜 고용해!"

"그렇군요……. 하지만 진정한 S급 모험가들도 각자의 욕망을 따라 행동하고 있으니까요."

"길드에 의뢰하는 게 불안해졌어."

"뭐, 안심하십시오! 실력은 진짜입니다! 다만…… 왜 S급 모험가를 소집하시는 겁니까?"

갓슬이 당연한 의문을 입에 담자 란제는 조금 전까지 보고 있던 서신을 갓슬에게 보여 줬다.

"마왕이, 회합을 제안했다."

향후 방침

나, 레이어 페르저는 마왕군 회의에서 결정된 윔블그 왕국과의 회담을 부하인 벨 일행에게도 전하기 위해 내 성으로 돌아왔다.

성에 도착하자마자 벨 일행이 있을 방으로 이동했다.

그리고 망설임 없이 방문을 열었다.

"오, 오른발이……! 빠, 빨강이지?!"

"잠깐만요, 벨 씨! 거기 손이 있으면 제 손을 초록색에 못 놓잖아요!"

"시끄러워! 어떻게든 해! 그보다 테리! 넌 가뜩이나 몸으로 면적을 차지하니까 좀 조심하라고! 살 빼, 지금 당장 살 빼!"

"마, 말도 안 되는 소리 하지 마세요!"

"네~ 다음으로 넘어갈게요. ……다음은 왼발을 파란색에!"

"왼발을 파란색에?!"

"잠깐…… 안 닿아……!"

"네, 다음~. ……근데 이거 남자들끼리 하는 게임이 아닌 것 같은데요. 보기만 해도 구역질 나요……."

""그딴 건 우리가 제일 잘 알아!""

나는 살며시 문을 닫았다.

……뭐야? 저거.

뭔지 모르겠는 컬러풀한 깔개 위에서 벨과 테리가 이상한 자세로 뒤엉켜 있었다.

그것을 보스코는 차게 식은 눈으로 보면서도 손에 든 컬러풀한…… 룰렛이던가? 아무튼 그것을 사용해 뭔가 지시를 내리고 있었다.

설마 내가 없는 동안 벨과 테리는 그렇고 그런 사이가 된 걸까? 나는 남자 친구조차 안 생기는데!

그보다 걔네 처자식 있잖아! 그래도 되는 거야?!

……아니, 단정하기에는 아직 이르다. 어쩌면 내 착각일지도 모르고…….

나는 다시 살며시 문을 열고 안을 확인했다.

"흐오오오오!"

"가까워, 가까워, 가까워, 가까워!"

"우와…… 더러워……."

브릿지 자세인 테리 위에 벨이 몸을 겹치는 모습이 눈앞에 펼쳐졌다.

나는 문을 닫았다.

착각이 아니었어…….

저거, 어떻게 봐도 그런 사이잖아…….

뭐야? 내가 모르는 사이에 무슨 일이 있었던 거야? 너무

방치해서 잘못된 일이 벌어지고 만 거야? 응? 내 탓이야?

……아니, 저 녀석들 잘못이야. 부인도 있으면서…….

좋아, 부인한테 이르자.

그렇게 결심한 나는 문을 벌컥 열었다.

"너희, 사귀고 있었구나……."

"뭐? 레이어 니이이이이이이이이이임!"

"앗, 벨 씨! 잠깐만요…… 힘을 빼면……!"

"아."

보스코가 그런 얼빠진 목소리를 낸 순간, 벨의 자세가 무너지며 테리 위로 넘어졌다.

그때, 나는 똑똑히 보고 말았다.

바로—.

"으에에에에에에엑!"

"오로로로로로로로!"

"더러워……!"

테리와 벨이 키스하는 모습을.

나는 무의 경지에 이르러 벨에게 말했다.

"너희…… 그런 사이였구나……. 눈치 못 채서 미안해……."

"오해예요! 레이어 님, 오해하신 거예요!"

"그 모습을 보였는데 오해라고는 못 하죠~."

"보스코오오오오오! 너도 오해 푸는 걸 도와!"

"아아…… 벨 씨와……. 미안해…… 내 입술, 못 지켰어…….

한심한 남편을 용서해 줘……."

"테리까지?! 아아아! 왜 이렇게 된 거야?!"

그 후, 벨에게 이야기를 듣고 벨과 테리에 대한 오해는 풀렸다.

아무래도 이세계의 놀이를 하고 있었던 모양이다.

그랬구나.

"놀고 있었다는 거네?"

"아, 지뢰 밟았다."

""벨 씨이이이이이이이!""

나는 벌로 벨 일행에게 고문 풀코스를 대접했다.

풀코스가 끝나자 내 눈앞에는 죽기 직전인 쓰레기 세 개가 굴러다니고 있었다.

"주, 죽는다…… 죽어 버릴 거야……."

"더는 싫어…… 쇠몽둥이는, 싫어……."

"아아…… 쇠공…… 쇠공이……."

미친 것처럼 헛소리를 중얼거리고 있지만 무시하고 본론에 들어갔다.

"다들 정신 차리고 들어."

"예?"

"마왕군 회의에서 윔블그 왕국과 회담을 가지기로 결정됐어."

"네?"

내 말에 역시나 부하들이 놀랐다.

"갑작스럽네요……. 왜 윔블그 왕국과?"

"루티아 님께서 결단하셨어. 그리고 그 첫걸음으로 윔블그 왕국이 선택된 거지. 그곳은 예전부터 마족에게도 우호적인 얼마 없는 나라니까. 너희도 호위로 참가하게 될 테니 머릿속에 넣어 둬."

"알겠습니다…… 아."

벨이 고개를 끄덕이다가 도중에 뭔가 생각난 표정을 짓더니 얼굴이 파래졌다.

"레레레레이어 님?"

"왜?"

"저기…… 윔블그 왕국에는 예전에 전이 마법을 뿌린 것도 같고…… 아닌 것도 같고……."

"……."

그러고 보니 그랬다.

그리고 그 일로 벌을 주자고 생각했었지.

나는 말없이 채찍을 든 후, 정리했던 고문 기구를 다시 꺼냈다.

"어, 어? 레이어 님? 아까 벌은 다 받지 않았나요?"

"……."

"침묵하지 마세요! 침묵이 제일 무섭다고요!"

"베, 벨 씨!"

"당황하지 마! 우리에게 쓰려고 꺼낸 게 아닐지도—."

"그럼 시작할게. 각오해."

"거짓마아아아아아아아아알!"

재차 벨 일행의 절규가 울려 퍼졌다.

◆ ◇ ◆

"그런고로 돌아왔습니다."

"이해가 안 되는데요?!"

무사히 명계에서 귀환하여 사리아와도 재회한 나…… 히이라기 세이이치는 사리아의 손에 이끌려 F반 교실로 향했다.

그리고 F반 학생들이 교실에 있었기에 이렇게 돌아왔다고 보고한 것이다.

그렇게 엄청난 일이 있었으니까 당연히 다들 집에 돌아갔을 줄 알았는데 F반 학생들은 자신의 의지로 남은 모양이었다.

그리고 내 설명을 들은 학생들은 예상대로 매우 놀랐다.

"그래서 이쪽이 명계에서 만나 함께 돌아온 우리 부모님과 용사 일행, 용사의 스승과 초대 마왕. 그리고 꽃집 아가씨야."

"안녕, 세이이치의 부모입니다."

"용사입니다."

"용사의 동료다."

"스승이다."

"마왕입니다~."

"꼬, 꽃집 아가씨입니다?"

"좋아, 자기소개도 끝났네."

"방금 그걸로 끝?!"

대충 자기소개를 끝냈다고 생각했는데 너무 대충이었나 보다. 응, 나도 그렇게 생각해.

"당신, 진짜 너무 터무니없다고! 정말로 죽었고, 게다가 그 명계에서 다른 사람을 데리고 돌아오다니 상식도 정도껏 벗어나야지! 심지어 용사와 마왕이라니…… 슬슬 우리 머리가 터져 버릴 것 같아!"

"이야…… 뭐라 대답할 말이 없네!"

"웃어넘길 일이 아니야!"

헬렌의 말에 나는 그냥 뻔뻔하게 웃어 버렸다.

나는 진짜 뭘까…….

내가 자포자기 심정으로 웃고 있으니 베아트리스 씨가 믿을 수 없다는 표정으로 내게 물었다.

"정말로…… 정말로 세이이치 선생님인가요……?"

"네, 돌아왔습니다!"

"정말로……?"

"네!"

"진짜 정말로……?"

"어, 네."

"진짜 진짜 진짜—."

"믿어 주세요!"

아니, 내가 반대 입장이었다면 나도 못 믿었겠지만!

베아트리스 씨는 내 말을 어떻게든 믿었는지 울먹이며 미소 지었다.

"정말로…… 정말로 다행이에요……!"

"……걱정 끼쳤네요."

실제로 사리아와 다른 사람들에게 걱정을 끼치고 말았다.

그 점은 반성해야 하고, 앞으로 신중하게 행동해야겠지. 똑같은 생각을 몇 번째 하고 있지만 그렇게 간단히는 안 되네. 슬슬 성장해도 될 것 같은데 말이야. 몸만 너무 진화해서 알맹이가 못 쫓아가.

그런고로 진화 페이스를 늦춰 주지 않을래요?

"저는 형님이라면 해낼 거라고 믿고 있었습니다!"

"뭐, 나도 세이이치 선생님의 실력은 의심하지 않았어. ……생각보다 더 비상식적이었지만."

"그 신뢰가 지금은 괴로워."

비상식을 신뢰받는 건 여러모로 괴롭네요!

그래도 아그노스와 브루드가 변함없어 보여서 안심했다. 하루밖에 안 지났지만.

나는 베어드와 레온에게 얼굴을 돌렸다.

"몸 상태는 어때?"

"헉, 아아아아아, 넵! 아주 좋습니다!"

레온은 매우 긴장한 모습으로 그렇게 대답했다.

"정말로 괜찮아?"

"괘, 괜찮습니다! ……그게, 저도…… 한 번뿐이었지만 모두를 위해 싸워서…… 조금 자신감이 생겼어요."

"그렇구나. 그럼 앞으로는 다른 학생들과 나란히 싸울 수 있겠네."

"네에에에에? 무무무무, 무리예요! 제가 다른 학생들과 어깨를 나란히 하다니……! 너무 황공해서 죽어 버릴 거예요! 아, 선생님께 말대답을?! 죄송합니다, 죄송합니다, 죄송합니다."

"역시 안 변했네!"

아주 조금은 긍정적으로 변했겠지만, 그래도 완전히 원래대로 돌아오려면 더 걸릴 것이다.

나도 모르게 쓴웃음을 짓고 있으니 베어드가 진지한 표정으로 내게 말했다.

"세이이치 선생님."

예전과 달리 곰 탈을 벗었고 스케치북도 쓰지 않으며 자기 목소리로 말을 걸어왔다.

베어드는 목소리조차 낼 수 없을 만큼 얼굴에 큰 화상을 입었었다.

"베어드. 어때? 아, 저번에는 순간적으로 고치고 제대로 안 물어봤는데, 고쳐도 괜찮았던 거지?"

"응."

그렇게 짧게 대답한 후, 베어드는 그 자리에서 깊이 고개를 숙였다.

"세이이치 선생님, 고마워. 그 화상 때문에 다들 나를 무서워했었어. 그래서 조금이라도 덜 무섭게 곰 탈을 썼던 거야. 그리고 적이었던 그 여자…… 그녀는 내 고향을 다스리던 영주의 딸이었어. 특별히 알고 지내던 사이는 아니지만 그래도 세이이치 선생님 덕분에 그녀가 조금이라도 뭔가를 되찾았다면…… 나는 감사하다는 말밖에 못 해. 미안해. 하지만…… 정말로 고마워."

서툴지만 분명한 음성으로 베어드는 그렇게 말했다.

"아냐, 신경 쓰지 마……라고 간단히 말할 순 없겠지. 그 감사, 확실하게 받을게."

"……고마워."

이리하여 인사와 함께 이것저것 끝낸 나는 베아트리스 씨에게 한 가지 물어보았다.

"앞으로 이 학원은 어떻게 되나요?"

"현재, 학원장님이 필사적으로 대응하고 계시지만 어떻게 될지는 아직 미정이에요. 하지만 반드시 재개시키겠다고 말씀하셨어요."

"그런가요……. 그럼 정기 시험도 없나요?"

"네. 일단은 보류죠."

"앗싸아아아아아아아아아! 나의 대승리다아아아아아아!"

베아트리스 씨의 말에 아그노스가 외쳤다.

어느 학교든 이렇게 시험이 사라진 순간에 기분을 폭발시키는 학생은 있구나. 나도 학생이었다면 매우 기뻐했겠지만.

"어이, 바보. 시끄러워."

"하! 평소라면 화가 났겠지만 지금 나는 기분이 좋아! 그러니까 그냥 넘어가 주마!"

아그노스가 흡족한 모습으로 그렇게 말하는 가운데, 베아트리스 씨가 무정하게 폭탄을 투하했다.

"하지만 언제 시험을 쳐도 괜찮도록 시험공부는 계속할 거예요."

"어이, 브루드으으으으으으으으으! 바보라니 그게 무슨 소리야아아아아아아아!"

"……그냥 넘어간다고 하지 않았어……?"

브루드가 어이없어하며 그렇게 중얼거렸다.

……뭐, 다른 학생들이 집에 돌아간 가운데, F반 학생들은 자신의 의지로 남았으니 말이지. 정규 수업은 없으니까 그 시간을 시험공부에 쓰는 건 좋은 일이겠지. 시험이 없어도 공부는 도움이 될 테고.

여차여차해서 우리 F반은 언제 시험을 쳐도 괜찮도록 준비를 시작했다.

난입자는 학생회장

화기애애한 분위기로 향후 방침에 관해 이야기를 나누는 중에 교실 문이 벌컥 열렸다.

"세이이치의 냄새가 나!"

"대체 후각이 어떻게 돼먹은 거예요?!"

F반에 찾아온 것은 나와 마찬가지로 일본에서 차원이동한 용사 중 한 명이자 내 소꿉친구이기도 한 칸나즈키 선배였다.

칸나즈키 선배는 내 곁으로 척척 다가오더니 내가 질겁할 만한 기세로 온몸을 확인하기 시작했다.

"괜찮아?! 다친 곳은?! 어디 아픈 데는 없어?!"

"괘, 괜찮으니까 진정하세요!"

갑자기 나타난 칸나즈키 선배를 보고 F반 학생들은 얼떨떨한 모습이었다. 그야 그렇겠지.

내가 필사적으로 달래자 칸나즈키 선배는 울 것 같은 표정으로 나를 바라보았다.

"정말로…… 정말로 걱정했어……. 우리는 용사라고 불리면서 아무것도 못 했어……. 그랬는데 너는……."

"괜찮으니까 안심하세요."

"……알고 있어. 그 남자의 힘인지 뭔지 때문에 갑자기 네가 사라졌을 때는 정말로 당황해서 이성을 잃었었어. 쇼타네한테도 폐를 끼쳤는데…… 아무튼 이렇게 네가 여기 있는 것만으로도 나는 충분해."

"칸나즈키 선배……."

칸나즈키 선배는 정말로 나를 걱정했구나.

옛날부터 그랬지만 이 사람에게는 고개를 들 수가 없다.

그런 생각을 하고 있으니 칸나즈키 선배가 진지한 표정으로 말했다.

"하지만 정말로 다치지 않았는지 이곳에서는 제대로 확인할 수가 없어. 구석구석 조사해야겠으니 내 방에서 옷을 벗어 줘. 물론 전부."

"뭐라는 거야, 이 사람."

고개는 들 수 없지만 이 변태성만큼은 어떻게 좀 해 줘. 아니, 진짜로!

"어머나, 카렌이잖아. 오랜만이네. 더 예뻐졌구나."

"그러게."

아옹다옹하는 우리를 보고 부모님이 감개무량한 모습으로 말했다.

부모님을 알아차린 칸나즈키 선배는 고개를 숙였다.

"아…… 아버님, 어머님. 오랜만에 뵙습니다. ……응?"

고개 숙인 직후, 우리 부모님이 여기 있는 건 말도 안 된다는 사실을 깨닫고 칸나즈키 선배는 눈을 크게 떴다.

그보다 기분 탓이 아니라면 조금 전『아버님』과『어머님』에 여러 가지 의미가 담겨 있었던 것 같은데.

"이게…… 무슨……?! 두 분 다 되살아나신 건가요?!"

당연하다고도 할 수 있는 질문에 부모님은 생글거리며 대답했다.

"그래. 세이이치 덕분에."

"세이이치 군 덕분에요?"

칸나즈키 선배는 놀란 채로 내게 얼굴을 돌렸지만 이내 냉정함을 되찾았다.

"……어떻게 되살아나셨는지 엄청 궁금하지만, 그보다도 이렇게 두 분과 다시 뵙게 된 것이 가장 중요하죠. 세이이치 군을 제게 주십시오."

냉정하지 않았다.

영문 모를 일이 갑자기 벌어져서 나도 순간적으로 반응하지 못했는데 지금까지 조용히 지켜보던 알이 마침내 입을 열었다.

"너! 무슨 웃기는 소리를 하는 거야!"

"웃기는 소리? 나는 매우 진지한데?"

"그럼 더 나빠!"

말다툼을 벌이는 두 사람을 보며 어떻게 수습할까 생각하고 있으니 레이첼이 조심조심 물었다.

"저기…… 그 사람, 다른 세계에서 온 용사죠~? 왜 세이이치 선생님을 알고 있는 건가요~?"

"어? 아, 아아. 그러고 보니 말 안 했지……. 나도 용사와 같은 세계 사람이야."

『네에?』

내 말에 전원이 놀라서 외쳤다.

"그렇다면 형님도 용사인가요?"

"으음…… 그걸 설명하자면 얘기가 길어진단 말이지……. 뭐, 한 가지 말할 수 있는 건 난 용사 같은 거창한 존재가 아니라는 것 정도야."

"흥. 그 대단하신 용사님은 저번에 그 남자 상대로 아무것도 못 하던데?"

헬렌이 칸나즈키 선배에게 도발적인 시선을 보냈다.

칸나즈키 선배는 그런 헬렌의 시선에 거북해했다.

"그건…… 아니, 변명하지 않겠어. 우리는 용사라고 불리지만 결국 아무것도 못 했으니까……."

뭔가 분위기가…… 무거운 분위기에 덩달아 거북함을 느끼던 나는 문득 어떤 생각을 떠올렸다.

"그러고 보니…… 칸나즈키 선배와 용사들은 앞으로 어떻게 돼요?"

"응? 무슨 뜻이야?"

“취급이야 어찌 됐든 간에 칸나즈키 선배네는 카이젤 제국이 준비한 비장의 카드 같은 존재잖아요. 그런 존재를 그 남자가 위협했으니 카이젤 제국 측에서 뭔가 간섭할 것 같은데…….”

“그런가…… 세이이치 군에 관한 생각으로 머릿속이 꽉 차 있었지만 그런 우려도 있군…….”

“아니, 저 같은 것보다도 먼저 그쪽을 걱정하셔야죠.”

고맙고 기쁘긴 하지만. 자신을 소중히 여겨 주세요.

“현재로서는 카이젤 제국에서 아무런 연락도 오지 않았는데…….”

“별로 낙관적으로 보지 않는 게 좋을 거야. 최소한 강제 귀환 정도는 상정해 둬.”

브루드가 관심 없다는 듯 충고했지만, 그는 카이젤 제국의 제2왕자이니 정말로 그렇게 될지도 모른다.

“칸나즈키 선배. 저 친구는 카이젤 제국의 제2왕자예요. 그러니까…….”

“그래. 교내 대항전의 중계를 들어서 알고 있어. 명심하지.”

“흥…… 어차피 나는 서민의 피가 섞인 존재야. 직함만큼 대단하진 않아.”

변함없이 쿨한 브루드를 보고 나는 무심코 쓴웃음을 지었다.

“세이이치 군과 좀 더 즐거운 한때를 보내고 싶지만 그럴

순 없겠지. 아무 말도 안 하고 반에서 뛰쳐나왔으니까."

"당신 진짜 뭐 하고 다니는 거야!"

칸나즈키 선배라면 용사 전체는 아니더라도 쇼타한테는 뭔가 한 마디쯤 남기고 왔을 줄 알았는데……. 이세계에 온 뒤로 뭔가 칸나즈키 선배의 얼간이 기질이 폭발하고 있는 것 같다.

그런가 하면 중요한 부분은 또 확실하니 성질이 나쁘다.

"그렇게 화내지 마. 그만큼 네가 걱정됐었어……. 그럼 여러분, 실례했습니다. 아버님과 어머님도 오랜만에 뵙게 되어 기뻤습니다."

"괜찮아. 우리도 카렌 얼굴을 봐서 기뻤으니까."

"그렇지. 언제든 시집와도 돼."

"예? 그게 정말입니까?! 그럼 이대로 데려가겠습니다! 괜찮아요! 감금해서 누구도 세이이치 군을 쳐다보지 못하게 할 테니까요!"

"왜 이야기가 그렇게 돼?"

뭔가 이야기가 몹시 위험한 방향으로 진행될 것 같았기에 나는 칸나즈키 선배의 등을 떠밀어 교실에서 내보냈다.

"얼른 가요, 쇼타가 걱정하고 있을 거예요!"

"우우…… 뭐, 언질은 받았으니 식은 다음에 올리기로 하지."

"네? 아까 그거 농담 아니었어요?"

이상하네……. 내가 아는 칸나즈키 선배에서 점점 멀어지고 있어.

"어쩔 수 없지. 정말로 돌아가야겠어. ……세이이치 군. 네가 무사해서 정말 다행이야."

"칸나즈키 선배……."

"역시 감금되지 않을래?"

"뭐땜시?"

나도 모르게 칸사이 사투리로 태클을 걸자 칸나즈키 선배는 웃으며 이번에야말로 자기 반으로 돌아갔다.

그것을 확인하고 나도 교실에 돌아가니 묘한 분위기가 감돌고 있었다.

"……세이이치 선생님."

"응?"

브루드가 진지한 얼굴로 나를 불렀다.

"용사들은 다 저래?"

"아니야!"

나는 모두의 오해를 푸느라 한참 고생했다.

용사들이 본 교내 대항전

나, 타카미야 쇼타는 이곳 바바드르 마법 학원의 교내 대항전을 보기 위해 학원의 투기장에 와 있었다.

원래 우리 용사와는 상관없는 행사지만 S반 학생의 특훈에 어울리게 되면서 대항전까지 보라는 말을 듣게 되었다. S반에는 우리를 소환한 카이젤 제국의 제1왕자…… 테오볼트가 있어서 아무도 거절하지 못한 것 같았다.

솔직히 S반에는 좋은 인상을 가지고 있지 않았다. 윔블그 왕국의 제1왕자인 로베르트처럼 평범하게 대해 주는 좋은 녀석도 극히 일부지만 있긴 했다.

하지만 S반 학생 대부분은 남을 깔보는 녀석들뿐이었다.

……뭐, 우리들 용사도 남 말할 처지는 아니지만.

우리 중에도 갑자기 손에 넣은 커다란 힘으로 주위를 억압하는 녀석들이 있으니까.

"……왜 그렇게 기분이 좋아요?"

"응?"

나는 옆에서 웬일로 생글생글 웃고 있는 칸나즈키 선배에게 그렇게 물었다.

“응? 궁금해? 응? 응?”
“보기 드물게 짜증 나……!”
평소 이런 짓을 하는 사람이 아니다 보니 이유가 궁금했다.
“궁금해요. 가르쳐 주세요.”
“안 알려줌~.”
열받아……!
최근 칸나즈키 선배는 어딘가 이상했다.
평소의 늠름한 모습은 어디로 갔나 싶을 만큼 얼간이 같은 모습이 눈에 띄었다.
이상해…… 진짜 이상해…… 틀림없이 무슨 일이 있었어…….
그러고 보니 칸나즈키 선배가 때때로 모습을 감출 때가 있는데…… 그것과 관련 있는 걸까?
결국 칸나즈키 선배가 왜 이렇게 기분이 좋은지 알지 못한 채 시합이 시작되고 말았다.
맨 처음은 C반과 A반의 시합이었고 나로서는 매우 재미있는 싸움이었지만, 다른 용사들에게는 다르게 보인 듯했다.
“하! 저딴 마법, 나도 쓸 수 있어.”
“역시 이 세계 인간보다 우리가 더 대단하구나.”
“이 정도라면 우리가 여유롭게 학원을 휘어잡을 수 있겠어.”
많은 용사가 그들을 깔보았다.
어떻게 이토록 자신만만할 수 있는지 나는 알 수 없었다.
아무런 고생도 하지 않고서 얻은 힘으로 사람이 바뀌어

가는 것이 무서웠다.

그런 생각을 하고 있는데 어떤 A반 학생이 나오면서 분위기가 조금 바뀌었다.

윔블그 왕국의 제2왕자인 지오니스가 나온 것이다.

"꺄아~! 지오니스 군이야!"

"저 거친 느낌이 멋있단 말이지."

"대시해 볼까? 우리는 용사니까 저쪽도 함부로 대하진 않겠지?"

여자들은 지오니스의 외모를 보고 난리 쳤고 남자들은 그 모습을 재미없다는 듯 바라보았다.

……그랬다. 말썽의 원인은 용사와 다른 반 사이에만 있지 않았다.

용사들 내에서도 험악한 분위기가 감돌고 있었다.

그중에서도—.

"……재미없네."

"저 새끼 죽여 버리자."

"맞아, 맞아. 힘을 과시해도 된다고 했으니까 본보기로~."

키사라기 마사야, 오오야마 츠요시, 토고 렌토.

이 세 사람은 특히나 분위기를 나쁘게 만들고 있다고 해도 좋았다.

힘을 사용해 여러 여학생에게 강압적으로 굴고 있는 것 같았다.

"……귀찮군."

칸나즈키 선배도 키사라기 선배 일행의 불온한 기운을 느끼고 얼굴을 찌푸렸다.

지금은 칸나즈키 선배와 우리가 어떻게든 억제하고 있지만 그것도 얼마 못 갈 것이다.

다양한 생각이 얽히는 가운데 시합은 진행되었고, 마침내 우리가 특훈을 도운 S반과 F반의 시합이 되었다.

"드디어 S반인가."

"재미없었어."

"그보다 F반이면 몇 초 만에 끝나지 않을까?"

"진짜 웃기겠다."

"F반 불쌍해~."

"마법을 못 쓴대. 그럼 어떻게 싸우는 거지?"

용사들이 F반을 마구 비웃었다.

나는 웃지 않았지만, 확실히 F반이 S반을 이기기는 어렵겠다고 생각했다.

아무튼 S반은 원래 마법을 잘 다루는 녀석들을 모은 반이었고, 거기에 우리가 훈련을 함께하면서 더욱 성장했다.

개중에서도 윔블그 왕국의 제1왕자인 로베르토는 압도적이었다.

원래부터 우리 용사를 능가하는 실력을 가지고 있었는데 더 강해졌다. 솔직히 우리 중에서 최강인 칸나즈키 선배와 싸워도 박빙이지 않을까 싶은 상대였다.

……그랬다. 우리는 용사지만 최강은 아니었다.

그런데도 다른 애들은 그것을 이해하지 못했다.

뭐…… 이렇게 속으로만 말할 수 있는 나는 더더욱 못난 녀석이겠지.

답답함을 느끼는 가운데, F반이 입장했다.

그러자 남자들이 비열한 감정을 숨기지 않고서 지저분하게 웃었다.

"F반 여자들, 얼굴만큼은 예쁘단 말이지."

"맞는 말이야. 그래, 이왕이면 우리가 상대해 주자."

"오, 좋은데. F반 같은 앞날이 캄캄한 반에 있는걸. 용사님을 상대하게 돼서 저쪽도 영광일 거야."

"뭐, 저항하면 힘으로 밀어붙일 수 있고 말이야!"

차마 들어 줄 수 없는 내용에 옆에 앉아 있던 켄지가 일어나려고 했다.

그러자 칸나즈키 선배가 무표정으로 말렸다.

"저 녀석들……!"

"켄지, 진정해."

"칸나즈키 선배?! 하지만……!"

"상대가 너무 많아. 그리고 악감정을 가진 용사가 이런 곳에서 소란을 일으키면 어떻게 될지 알 수 없어."

"윽……!"

"다만 앞으로는 한층 더 용사들의 움직임을 주시해야겠지. 특히 F반에 대한 움직임을……."

켄지를 다독이고 있으니 시합이 시작됐다.

F반에서 맨 처음 등장한 사람은 곰 탈을 쓴 남학생이었다.

"저게 뭐야……!"

"푸핫! 뭐야? 캐릭터 만드는 건가요?"

"완전 구려!"

"꼴사납게 패배한 얼굴을 보여 주기 싫은 거 아니야?"

등장한 남학생을 용사들은 실컷 비웃었다.

그런 가운데 등장한 S반 학생은 솔직히 인상이 희미했다.

유일하게 기억하는 점은 늘 테오볼트 옆에 들러붙어 있다는 것 정도일까?

하지만 썩어도 S반이었다. 실력은 확실하리라.

이건 힘든 싸움이 되겠어…….

그렇게 생각하며 시합 전개를 지켜보려고 했지만…… 우리는 어안이 벙벙해졌다.

"뭐, 뭐야, 저거……."

"말도 안 돼……."

"어떻게 된 건지 모르겠어……."

S반 학생…… 이름은 딸랑이었나? 아무튼 그는 우리 용사들이 보기에도 충분한 위력을 가진 마법을 쐈다.

하지만 F반 학생…… 베어드라는 녀석은 그 마법을 막았다. ……주먹으로 후려쳐서.

영문을 알 수 없었다.

확실히 베어드의 손에는 너클처럼 생긴 무기가 장비되어 있었다.

그러나 마법을 막은 것은…… 주먹의 압력이었다.

무슨 만화도 아니고…….

베어드는 딸랑을 향해 당당히 정면으로 걸어갔다.

S반 학생을 상대로 저렇게 위험하게 싸우는 인간은 용사 중에서도 거의 없었다.

그런데 베어드는 그렇게 했다.

딸랑은 겁을 먹고서 대량의 마법을 쐈지만 모조리 주먹에 처리되었고, 마침내…… 상상도 못 했던 뒤꿈치 찍기에 쓰러졌다.

『…….』

주위가 침묵에 잠겼다.

아니, 용사뿐만이 아니었다.

다른 학생들도 조금 전의 터무니없는 싸움에 멍해져 있었다.

유일하게 태연히 굴고 있는 것은 베어드를 포함한 F반 학생들뿐이었다.

아니…… 설마 저게 보통이라는 거야? 농담이지?

그렇게 침묵이 이어지는 가운데, 다음 시합으로 진행되었다.

다음 대전은 S반에서 테오볼트가, F반에서는 테오볼트의 남동생인 브루드가 출전했다.

브루드는 카이젤 제국에서 만나기는커녕 그 존재조차 이 학원에 오기 전까지 몰랐었다.

……왕족의 흔한 속사정이 있는 거겠지.

아무튼 평범한 관계는 아닌 형제 대결이 되었다.

테오볼트는 로베르토만큼은 아니지만 상당히 우수한 인간이었다. 성격은 넘어가더라도 말이다.

용사 중에서도 확실히 이길 수 있는 사람은 칸나즈키 선배 정도였고, 키사라기 선배 일행이 아슬아슬하게 이길 수 있을 만한 실력의 소유자였다.

그렇기에 용사들은 점차 정신을 차렸고, 조금 전의 시합을 잊고서 테오볼트의 시합에 집중하려고 했다.

"아, 아까는 우연이겠지."

"마, 맞아!"

"그리고 다음은 테오볼트 군이야!"

"하! 꼴좋다! F반 순삭 결정이네!"

각자 흥을 돋우려는 것처럼 멋대로 말하고 있으니, 브루드가 참격을 엉뚱한 방향으로 날리는 것으로 시합이 시작되었다.

"어딜 공격하는 거야!"

"어이어이, 상대가 어디 있는지도 모르나요?!"

"마법을 쓰지 그래? 아, 못 썼던가?"

용사들이 그렇게 자기들 말하고 싶은 대로 마구 말했지만 브루드의 참격은 변함없이 이상한 곳으로 계속 날아갔다.

테오볼트도 그 사실을 우습게 여기며 대량의 마법을 쐈다.

하지만 브루드는 그것들을 능숙하게 피하며 공격을 거듭했다.

그런 일이 한동안 이어지자 인내심이 바닥난 테오볼트가 승부에 나섰다.

강력한 추격형 마법을 쏴서 브루드를 확실하게 끝장내려고 했다.

그러나 그것이 브루드의 목적이었다.

브루드는 그 마법을 발판 삼아 테오볼트에게 순식간에 접근했다.

이에 놀란 테오볼트가 피하려고 했지만……그가 발을 디딘 곳은 브루드가 계속 날렸던 참격으로 엉망이 되어 있어서 발이 걸려 넘어져 버렸다.

브루드는 테오볼트의 목덜미를 잡아 테오볼트를 그 자신이 쏜 마법의 방패로 사용했다!

강력한 마법이었던 만큼 충돌의 충격도 커서 모래 먼지가 투기장 전체를 뒤덮었다.

먼지가 걷히자 그곳에는 멀쩡한 브루드와 까맣게 타서 기절한 테오볼트의 모습이 있었다.

브루드는 형일 터인 테오볼트를 마치 오물처럼 취급하고서 우아하게 자리를 떴다.

『…….』

용사들 자리에 또 침묵이 내려앉았다.

F반 뭐야? 낙오자라더니?

그런 생각이 우리 모두의 머릿속을 지배했다.

하지만 역시 F반만큼은 이것이 당연하다는 듯 태연했다.

이상해…… 여러 가지로 이상해…….

베어드의 시합이 우연이라고 생각했던 자들은 S반의 두 번째 패배에 할 말을 잃었다.

그러나 키사라기 선배 일행은 정신을 차리고서 테오볼트를 비웃었다.

"흥…… 결국 용사가 아닌 저 녀석들은 이게 한계겠지."

"마…… 맞아! 테오볼트 녀석, 조금은 제법이라고 생각했었는데."

"뭐, 결과를 보니 그렇지도 않았던 거지."

어떻게 봐도 허세였지만 다른 용사들에게는 아니었는지 키사라기 선배의 말을 이어받았다.

"맞아요!"

"S반이 F반에게 지다니…… 역시 용사야말로 선택받은 존재인 거야!"

"아, 다음은 로베르토가 싸우나 봐요."

"흐응…… 로베르토라면 기대할 수 있겠지."

다음 시합에서는 S반 선수로 학원 최강인 로베르토가 출전했다.

그리고 F반에서는 불량해 보이는 남학생…… 아그노스가 나왔다.

"우와! 머리 나빠 보이는 녀석이네."

"이 녀석은 쉽게 이기겠어."

아그노스를 보고 용사들이 다시 비웃었다.

……미래가 보여. 어떻게 생각해도 플래그잖아…….

그런 예감을 느끼고 있으니 시합이 시작됐다.

그리고—.

"어? 어?"

"뭐야?"

"거짓말……."

지금까지와는 또 다른 의미로 영문을 알 수 없었다.

베어드나 브루드의 시합은 전혀 예상치 못한 전개라 영문을 알 수 없었는데, 지금 눈앞에서 펼쳐지고 있는 싸움은 수준이 너무 높아서 영문을 알 수 없었다.

로베르토가 쏘는 매우 강력한 마법들.

못 박힌 방망이 한 자루로 그것에 맞서는 아그노스.

근접전에서는 아그노스가 조금 우위였는데, 우리는 도달할 수 없을 만한 엄청난 싸움이 펼쳐졌다.

점점 가열되던 싸움도 마침내 끝이 다가왔다.

서로 전력을 소진한지라 다음이 최후의 일격이었다.
두 사람은 남아 있지 않은 전력을 기합으로 만들어 냈고 그 결과, 비겼다.
승패는 가려지지 않았다.
하지만 그런 것은 어찌 되든 좋았다.
아까까지 거만하게 으스대던 용사들은 인정하고 싶지 않아 했다.
깔봤던 F반 학생들이 저렇게 괴물처럼 강하다니.
웬일로 키사라기 선배 일행마저 어색하게 얼굴을 굳히고 있었다.
우리 용사들이⋯⋯ 아니, 대회장의 거의 모든 인간이 믿을 수 없는 것을 본 가운데, 역시 F반만큼은 태연했다.
F반 학생들에게 수업을 가르치는 교사는 누구지? 저 녀석들의 보통, 이상하지 않아?
마치 이 결과가 당연하다는 것처럼 구는 F반을 보니 누가 이런 비상식 집단을 만들어 냈는지 궁금해졌다.
F반 벤치에 시선을 보내자 대기 중인 학생들과는 별개로 학생이 아닌 사람이 세 명쯤 있었다.
한 명은 그야말로 교사 같은 여성이었는데 어떻게 봐도 저 비상식 집단을 만들어 낸 사람 같지는 않았다.
다른 한 명은 확연하게 교사가 아니었다. 교사는커녕 초등학생이라고 해도 될 만큼 어린 소녀였다. 저 아이일 리가 없지.

그리고 마지막 한 사람—.

후드를 뒤집어쓴 수상한 인물이 거기 있었다.

응, 어떻게 생각해도 저 녀석이야. 너무 수상해.

대체 뭘 하면 저렇게 되는 거지? 도핑인가? 하지만 솔직히 그런 분위기는 느껴지지 않았었다.

그리고 증거가 없다면 도핑 의심은 그저 트집이다.

무엇보다도 F반 학생은 마법을 일절 쓰지 않았다.

정말로 어떻게 된 거야…….

우리 용사들이 아무 말도 못 하고 있으니 돌연 S반에서 남학생 한 명이 나타나 F반을 욕하기 시작했다.

그 남학생의 이름은 분명 프리드. 딸랑과 마찬가지로 테오볼트를 따라다니는 떨거지라는 인상밖에 없었다.

프리드의 말을 들어 보니 아무래도 프리드는 F반에 싸우지 않은 남학생 한 명이 있는데 S반과 F반의 대결이 무승부가 되는 것을 납득할 수 없는 듯했다.

아니, 2패 1무니까 오히려 F반의 인원 부족 덕분에 S반이 패배하지 않은 것인데 왜 저 녀석은 그걸 모르는 거야? 만약 이 일로 마지막 F반 남학생이 출전하고 프리드가 지면 S반의 패배는 확정이라고.

그렇게 생각하고 있으니 아니나 다를까 F반 남학생이 싸움에 참가하게 되었다.

심약해 보이는 소년이었는데 아무래도 프리드가 심약한 소년을 분노케 하는 말을 한 것 같았다.

앞으로 어떻게 될지 예측이 가.

나도 모르게 한숨을 쉬고 말았지만…… 뭐, 결과는 상상한 대로였다.

프리드가 여러 가지로 지독하게 졌다.

이로써 S반의 완전 패배가 결정되었다.

다만 용사들은 솔직히 이전 시합들로 이것저것 자존심이 깨진 상태였기에 방금 이루어진 일방적인 시합을 제대로 보지 못했다.

여전히 현실을 받아들이지 못하고 있는데 이번에는 마침 내 S반 교사가 나왔다.

자세히 보니 F반 학생은 정신을 잃었고 아까 그 수상쩍은 후드 차림의 인물이 학생을 돌보는 형태로 안고 있었다.

F반의 담임일 인물이 빨리 학생을 보건실로 데려가고 싶어 했지만 S반의 교사는 트집을 잡기 시작했다.

부정행위를 저질렀다는 내용이었는데 증거고 뭐고 없었다.

그러나 S반의 교사가 그렇게 말하자 용사들도 다시 기세를 되찾았다.

"맞아…… 그래! 평범하게 생각해서 S반이 F반에게 지는 건 이상해!"

"부정행위 저지르지 말라고!"

"이 사기꾼!"

"너희 낙오자들은 꼴사납게 설설 기어 다니면 돼!"

제각기 욕을 퍼붓는 가운데, S반 교사가 무방비한 F반 담임을 향해 마법을 쐈다.

"위험해!"

그 모습을 보고서 칸나즈키 선배가 외쳤다.

나도 무심코 상체를 앞으로 내밀었다. 그리고 우리는 다시 멍해졌다.

놀랍게도 F반 교사가 S반 선생의 마법을 맨손으로 잡았기 때문이다.

베어드가 주먹의 압력으로 마법을 쳐 냈던 것도 영문을 알 수 없었지만, 맨손으로 잡는 건 더더욱 알 수 없었다.

그것은 S반 선생도 마찬가지인 것 같았다. 괜히 선생이 아닌지 우리 용사들보다 압도적으로 강력한 마법을 여럿 전개했다.

하지만 F반 선생은 더 괴물이었다.

날아오는 마법을 아까 잡은 마법으로 격파하더니 새로 날아온 마법도 손가락 사이에 끼워서 S반 선생에게 직접 던져 되돌려줬다.

심지어 그 위력이 이상했다.

마법을 쓴 장본인인 S반 선생의 것보다 확연하게 위력이 껑충 뛰어 있었다.

그런 위력의 마법 앞에서 S반 선생은 엉덩방아를 찧고 말았다.

그 모습을 보고 F반 선생도 이번에야말로 보건실에 가려고 했지만 S반 선생은 포기하지 않았다. 아니, 패배를 인정하려고 하지 않았다.

F반 선생을 향해 재차 대량의 마법을 사출했다.

마법이 F반 선생을 직격하리라고 모두가 생각했다.

그러나 실제로는 달랐다.

『허?』

용사 전원이 입을 모아 그렇게 중얼거렸다.

왜냐하면 S반 선생이 쏜 마법은 F반 선생을 직격하기는커녕 직격 직전에 표적을 S반 선생으로 변경하고 S반 선생이 쏜 것 이상의 마법이 되어 S반 선생을 덮쳤기 때문이다.

아니…… 이게…… 허?

왜 마법을 쏜 장본인이 그 마법에 맞고 있는 거야?

눈앞의 광경을 아무도 이해하지 못했다.

잠시 후, 압도적인 마법의 폭력이 그치자 보기에도 처참한 S반 선생이 인간으로서의 존엄을 잃은 불쌍하고 꼴사나운 모습으로 뒹굴고 있었다.

그 모습을 보고 용사뿐만 아니라 대회장 전체가 고요해졌다.

F반 선생은 마치 그 분위기를 견딜 수 없다는 듯 서둘러 투기장을 떠났다.

F반 학생이 터무니없이 강하다고 생각했는데 그렇지 않았다.
제일 위험한 사람은 F반 선생이었다.
『…….』
지금까지 본 광경을 다들 믿고 싶지 않아 했다.
실컷 업신여겼던 F반이 괴물 같은 강함을 자랑하는 집단임을 믿고 싶지 않았던 것이다.
그리고 믿고 싶지 않은 사실을 정면으로 부정하기 위해 키사라기 선배는 거무칙칙한 감정을 드러냈다.
"용납 못 해…… 절대로 용납 못 해……. 강자는…… 우리만으로 충분해……!"
어떻게 생각해도 애먼 화풀이일 뿐인 말에 다른 용사들까지 찬동하기 시작했다.
"맞아! 누군지도 알 수 없는 저딴 녀석이 우리보다 위라니 용납할 수 없어……!"
"다른 놈들은 우리 용사들에게 무릎 꿇으면 된다고!"
"맞아, 맞아!"
용사들은 F반을 향해 질투 이상의 어두운 감정을 내보였다.
이건…… 가망이 없겠어.
언젠가는 제정신으로 돌아올 줄 알았지만 돌이킬 수 없는 수준까지 타락해 버린 듯했다.
험악한 표정으로 용사들의 모습을 살피는데 놀란 표정으로 굳은 학생이 한 명 있었다.

어떤 인물을 줄곧 찾던 세토 아이리였다.

세토는 멍한 표정으로 작게 중얼거렸다.

"……세이짱……?"

집결하는 S급 모험가와 암약하는 자들

윔블그 왕국의 왕도 테르베르에 있는 길드 본부.

여느 때라면 변태들이 난리를 쳐 왕국 병사들을 애먹였겠지만, 지금 길드 본부는 쥐 죽은 듯 고요했다.

그리고 평소 길드 본부에서 활동하는 모험가들은 말없이 어떤 집단을 멀찍이서 바라보고 있었다.

"그래서? 이번에 우리를 소집한 이유가 뭐죠?"

거친 자들이 모이는 모험가 길드에 어울리지 않는, 화려함과 고상함을 겸비한 진홍색 드레스를 입은 여성이 조용히 말했다.

손에 든 부채로 입가를 가리고 있었다.

나이는 20대쯤 되어 보였는데 얼굴도 화려한 귀족 같은 여성이었다.

"그러니까 말이야~ 일부러 전이 마법 쓸 수 있는 녀석까지 동원해서 우리를 모았잖아. 그럴 만한 이유가 있는 거지~?"

이어서 말을 꺼낸 사람은 매우 거대한 아프로헤어와 선글라스, 거기에 알로하 셔츠와 반바지와 비치 샌들이라는, 이곳이 이세계임을 잊게 될 만큼 아메리칸하고 알로하한 차림의 갈색 피부를 지닌 남성이었다.

30대 전반으로 보였는데 외양과 말투가 어우러져 몹시 경박했다.

"내 즐거움을 방해했어. 시시한 용건이라면 썰어 버리겠어……라고 하고 싶지만, 이렇게 아름다운 여성과 함께 있게 됐으니 넘어가 주지. 그건 그렇고 아가씨, 저와 뜨거운 밤을 보내시지 않겠습니까?"

뒤숭숭한 말을 하나 싶더니 마지막에 유감스러운 발언을 한 사람은 투명감 있는 백발에 길게 빠진 금색 눈을 가진 검사 같은 풍모의 늠름한 여성이었다.

허리에 찬 검은 비전문가가 보기에도 평범한 검이 아님을 알 수 있는 오라를 풍겼다.

귀족 같은 여성과 마찬가지로 나이는 20대쯤 되어 보였고, 늠름하게 선 모습이 여성들에게 인기 있을 듯했다.

"나도 꼭 와야 했어? 당신도 내 입장을 알잖아. 이 나라는 차별이 거의 없지만 타국에서 보면 어떻게 생각할지……."

곤란한 표정으로 그렇게 말한 사람은 이 길드 본부에서도 거의 볼 수 없는 중년의 마족 남성이었다.

올백으로 넘긴 보라색 머리카락과 붉은 눈동자. 마족의 특징이라고도 할 수 있는 뿔 두 개가 이마에 났고, 차림은 일반적인 모험가 장비와 큰 차이가 없었다.

"흐암~ 졸려…… 돌아가도 돼~?"

전혀 긴장감 없는 모습으로 하품한 사람은 소녀라고 해도 지장이 없을 10대 여자아이였다.

마법사 같은 모자와 로브를 걸치고 있었는데 이미 콧물 방울을 만들며 자고 있었다.

"난 합법적으로 사람을 때릴 수 있다면 뭐든 좋아."

은색 전신 타이츠에 빨간 머플러를 감은 남성—【필도】라는 이명을 지닌 가르간드가 씩 웃으며 그렇게 말했다.

"자, 다들 진정하자."

다양한 의견을 말하는 모두를 달랜 것은 평범하다는 말이 잘 어울리는 청년이었다.

평균적인 모험가 장비를 걸친 갈색 머리에 푸른 눈을 가진 그는 난처하게 웃었다.

그렇게 전혀 공통점이 없는 그들 앞에 서 있는 사람은 길드 본부의 길드마스터를 맡은 갓슬이었다.

"하하하하하! 변함없이 욕망에 충실한 것 같아서 안심했어!"

"웃을 일은 아니잖아요? 이 근육돼지."

"고마워!"

"칭찬 아니에요……."

길드 본부의 접수 아가씨인 엘리스가 갓슬 옆에서 한숨을 쉬었다.

평소처럼 만담 같은 대화를 나눈 후, 갓슬은 헛기침을 한 번 하고서 진지한 표정으로 이야기를 시작했다.

"그럼 슬슬 본론으로 들어갈까. 이번에 너희를 부른 건 다름이 아니라 의뢰가 들어왔기 때문이야."

"의뢰?"

갓슬의 말에 전원이 고개를 갸웃했다.

"어이어이…… 우리를 모아서 의뢰라니 불안한데~."

"그러게요……. 게다가 이 멤버가 모였는데 **그분**이 여기 없는 것도 이상해요."

"맞아……. 우리가 있는데 그녀가 안 온 건 이상해."

아프로 남성과 귀족 같은 여성, 마족 남성이 각기 생각한 바를 말했다.

그런 그들의 의문에 갓슬이 대답했다.

"아아, 그분이라면 나중에 올 거야. 어쨌든 가장 먼저 전했으니까. 다만 지금은 다른 일 때문에 늦어지신다나 봐."

"뭐, 그게 보통이겠지."

"그래서 우리를 부를 정도인 의뢰란 건 뭐야? 솔직히 나를 포함해 몇 명은 이 나라를 별로 떠나고 싶지 않을 텐데……."

"맞아, 내용을 가르쳐 줘. 나를 불렀을 정도니…… 사람을 패는 의뢰겠지?"

"그런 뒤숭숭한 의뢰가 있을 리 없잖아요…… 없죠?"

검사 여성이 갓슬에게 묻는 가운데, 가르간드의 말에 평범한 청년이 지친 기색으로 태클을 걸었다.

"음. 가르간드 군, 유감스럽지만 사람을 패는 의뢰는 아니야."

"그래? 그럼 난 이만."
"돌아가는 거야?! 그건 안 돼!"
가르간드가 돌아가려고 하자 평범한 청년이 붙잡았다.
"더는 여기에 볼일 없어. 놔."
"흐암~ 아, 가르간드 돌아가는 거야~? 그럼 나도 갈래~."
"이 사람들, 너무 자유롭잖아!"
가르간드에 이어 마법사 소녀까지 그렇게 말해서 평범한 청년은 힘껏 딴지를 놓았다.
"하하하하하! 이야~ 참 너희들다워!"
"웃지만 말고 갓슬 씨도 말려 주세요!"
"힘내!"
"당신이 그러니까 안 되는 거라고요!"
평범한 청년의 말은 타당했다.
"농담은 이쯤 하기로 하고…… 의뢰 내용을 알려 줄 테니 가르간드 군도 조금만 더 기다려 줘."
"……칫. 그럼 빨리 말해."
"고마워! 너희에게 부탁하고 싶은 건…… 조만간 이곳 윔블그 왕국의 국왕 란젤프 님과 마족의 왕…… 아니, 그 딸인 루티아 님이 국교 관련으로 회합을 열어."
『……!』
갓슬의 말에 전원의 안색이 바뀌었다.
특히 마족 남성은 가장 충격을 받았다.

"여기까지 말했으면 알 테지만…… 제군들에게는 그 회합의 경비를 부탁하고 싶어."

"……진지하게 큰 의뢰네요."

한숨을 쉬며 귀족스러운 여성이 그렇게 말했다.

"음. 다들 알다시피 지금 마족과의 관계는 상당히 위태로워. 어떤 나라라고 콕 집어 말하지는 않겠으나, 역사적으로 마족은 우리 인간이나 엘프 같은 다른 종족과 적대 관계일 때가 대부분이었지. 이곳 윔블그 왕국에서는 차별이 없다지만 다른 나라에서는 마족과의 관계가 양호하다고 할 수 없어."

"……그렇지. 우리 마족이 아무리 다가가려고 해도 대국이 우리를 악(惡)이라고 하면 다른 약소국가는 따를 수밖에 없어. 그리고 그게 세계의 공통 인식이 되어 버리니까……."

복잡한 표정으로 마족 남성이 그렇게 말하고서 곧장 올곧은 시선으로 갓슬을 바라보았다.

"그렇기에 나 같은 마족도 차별하지 않는 이 나라에 폐 끼치고 싶지 않았어. 우리가 드나든다는 것만으로도 대국을 자극할 테니. ……하지만…… 그런가…… 거기까지 해 주는 건가……."

"마음 쓸 것 없어! 이곳은 너희의 집이기도 해! 대국 따위 신경 쓰지 말고 돌아오면 돼! 근육 앞에서 국가와 종족은 관계없으니까! 그런고로 나와 함께 근력 트레이닝을 하지 않겠나!"

"아, 그건 패스하지."

"냉담해!"

거절당했음에도 불구하고 갓슬은 웃으며 머슬 포즈를 취했다.

거절한 마족 남성도 갓슬의 말이 기쁜지 쑥스러워하며 웃고 있었다.

"그래서…… 어때? 제군. 이 의뢰, 받아 주지 않겠나?"

다시금 갓슬이 진지한 표정으로 그렇게 말하자 한동안 침묵이 찾아왔다.

그리고—.

"어쩔 수 없네요……. 좋아요. 저, 코넬리아 아르놀디는 이 의뢰를 받겠어요."

귀족 같은 여성 코넬리아는 부채를 접고 그렇게 말했다.

"코넬리아 양……!"

"아, 이 의뢰에 호몽 님도 참가하시나요? 저는 그들의 파티인 『장미 낙원 비엘』의 팬인데…… 이런, 생각만 해도 코에서 정열이……."

"……의뢰를 위한 일이니 나중에 소집해 두지."

"그런가요! 흐흐…… 으헤헤헤헤."

"코넬리아 양~? 여성이 지으면 안 되는 표정을 짓고 있네만~?"

마지막 순간에 맥이 빠졌다.

"나도 상관없어. 나 역시 마족 친구가 있으니까. 그 녀석들이 웃을 수 있게 된다면 얼마든지 힘을 보태겠어. 그런고로 아프로스 디누아르도 참가요~."

"오오, 아프로스 군! 고마워!"

가벼운 어조로 아프로헤어 남성 아프로스도 참가한다는 뜻을 내비쳤다.

"날 부를 만한 의뢰 내용이네. 그리고 솔직히 대국은 마음에 안 들어. 마족 중에도 가련한 여성이 얼마나 많은데……. 나, 유리네 레지도 참가하지. 음, 마족 여성은 참 좋아! 그녀들의 매혹적인 몸은 정말로……! 응? 실례. 나도 코에서 정열이……."

"음, 유리네 양! 참가는 고맙지만 의뢰 중에는 욕망을 자제해 줘!"

검사 여성 유리네도 코넬리아와 마찬가지로 코피를 흘리며 참가를 결정했다.

"하! 나는 국교니 종족이니 관심 없지만…… 일단 정의의 영웅을 자칭하고 있으니까. 나, 가르간드 루틱스도 참가해 주지."

"가르간드 군! 무슨 소리야. 자네는 훌륭한 정의의 영웅이야!"

"잘하면 사람을 때릴 수 있을 것 같고."

"방금 한 말 취소야!"

가르간드도 동기는 불순했지만 참가를 표명했다.

“음…… 솔직히 졸려서 참가하기 싫지만…… 평화로워지면 느긋하게 잘 수 있으니까…… 좋아, 네무 도르미르도 참가할게~.”

“네무 양도 참가해 주는 건가!”

“쿠울…….”

“벌써 잠들었어?!”

마법사 소녀— 네무는 콧물 방울을 만들면서도 참가한다고 했다.

“아하하하하…… 정말 자유로운 사람들이야. 갓슬 씨, 저, 유스트 호러즈도 참가할게요. 저도 마족분들과 사이좋게 지내고 싶으니까요.”

“유스트 군…… 자네가 있다면 의뢰는 달성한 것이나 마찬가지야!”

“그건 과찬이세요.”

쓴웃음을 짓는 평범한 청년, 유스트도 확실하게 참가하겠다고 말했다.

그리고—.

“자…… 남은 건 자네뿐이야, 오벌 군!”

“……다들 협력해 주겠다고 하는데 내가 참가 안 할 리 없잖아? 오벌 데미라, 참가하겠어!”

마족 남성 오벌도 참가하기로 했다.

이리하여 이 자리에 모인 인물들은 갓슬의 의뢰를 받아들이게 되었다.

갓슬은 마지막으로 전원을 둘러보고서 당당히 고했다.

"제군, 협력해 줘서 고맙네! 『S급 모험가』들이여, 함께 의뢰를 달성하자!"

『오오!』

길드 본부에 집결한 S급 모험가들.

그들은 마족과 인간의 밝은 미래를 위해 전력을 다하기로 맹세했다.

"그럼 바로 호몽 님을 불러 주시겠어요?"

"……네."

……맹세했다.

◆ ◇ ◆

수정이 놓인 어두운 방 안.

한 남자, 마왕의 측근인 크라이스가 수정에 대고 말하고 있었다.

"응힛응힛응힛! 어때? 모였어?"

『그래. 하지만…… 이만큼 모으느라 고생했다네.』

"……응후. 이게 다 저번 작전이 실패했기 때문이야……. 테르베르에 마물을 풀었는데 전부 해치워 버리다니……."

『후우…… 솔직히 그때의 너에게 화가 나기도 하지만, 나도 실패할 줄은 몰랐으니까. 설마 【철인】과 【빙려의 마인】뿐만 아니라 【마성】까지 그 자리에 있을 줄이야…….』

크라이스와 상대방이 말하는 저번 작전이란 왕도 테르베르에 전이 마법으로 마물 대군을 보냈던 일을 말했다.

세이이치의 존재로 대참사가 벌어지지 않고 끝났지만, 원래대로라면 『마성』 바나바스가 있었어도 적잖은 피해가 발생했을 터였다.

세이이치가 있었기에 실패한 것이었다.

“계획을 다시 짜야 하나 싶었는데…… 이번에는 어떤 의미에서 운이 좋아.”

『……윔블그 왕국과 마왕의 딸이 국교 회복을 위해 회합을 연다고 했던가?』

“응힛! 그래.”

수정의 목소리에 크라이스는 히죽 웃었다.

『또 마물을 모았는데 어쩌려는 거지? 한 번 더 테르베르에 마물을 보낼 건가? 만약 그렇다면 전보다 훨씬 힘들 게야. 마왕의 딸과 하는 회합이라 윔블그 왕국이 경비를 위해 S급 모험가들을 불러 모았다더군. 그런 곳에 마물들을 보내 봤자 결과는 뻔하지. 어쩌려는 겐가?』

“아아…… 마물은 확실히 한 번 더 테르베르에 보낼 생각이야. 하지만 이번에는 거기에 또 한 명 에드먼드를 보낼 거야.”

『에드먼드를? 그 녀석은…… 아아, 그런 건가.』

수정의 목소리는 일순 의아해했지만 이내 납득했다.

"이해했어? 절망을 모으는 방법으로 시민을 죽이는 것만 있는 건 아니지."

『마왕의 딸을 노리는 게로군?』

"응힛! 정답."

크라이스는 일그러진 웃음을 지었다.

"인간과의 우호를 바라는 회합 자리에서 인간의 손에 살해당하는 마왕의 딸……."

『마족은 광분하고 인간과 마족의 관계는 수복 불가능한 수준이 되겠지……. 심지어 거기에 마물 대군이 밀어닥치면…….』

"광분한 마족과 마물을 동시에 상대해야만 해. 한 명만 죽여도 많은 피가 흐르는 거야……. 응힛응힛응힛! 최고야…… 최고라고!"

『그걸 위한 에드먼드로군? 녀석이라면 가능하겠지. 설령【마성】이 있더라도 말이야. 뭣하면 내 쪽에서도 좀 도와주겠네.』

"응후. 그게 좋겠지. 더는 저번처럼 실패할 수 없어. 우리【마신교단】의 존재가 점점 세계에 알려지고 있으니까……."

『……그렇지. 그럼 만사 빈틈없이 준비하게.』

"그래—."

모든 것은 마신님을 위해—.

『세이짱』과 『아이링』의 만남

“분명 『세이짱』이라니까요!”

“아니, 그게 누군데.”

용사들 중에서도 나쁜 쪽으로 눈에 띄는 그룹에 소속된 세토 아이리는 같은 그룹의 세 사람, 지구에서 여성 폭주족의 총장이었던 노지마 유우카와 세계적인 모델인 시미즈 노아, 잘 나가는 요즘 애들인 아마카와 루미에게 그렇게 말했다.

“왜 모르는 검까?! 『세이짱』이라고요!”

“알 리가 없잖아?!”

아이리의 어처구니없는 질문에 노지마가 저도 모르게 태클을 걸었다.

“그렇게까지 말하는 걸 보면 우리가 아는 사람이야?”

“아뇨?”

“그럼 절대로 모르지!”

시미즈가 도움의 손길을 내밀었지만 아이리의 말은 예상을 뛰어넘었다.

“그보다 그 『세이짱』이 어쨌는데? 애초에 아이리랑 무슨 관계고? 남친?”

아마카와가 묻자 아이리는 쑥스러워하며 머리를 긁적였다.

"이, 이야~ 남친이라니…… 쑥스럽습다~. ……그런 사이 아니지만."

"아닌 거냐!"

"하아…… 얘기가 진행이 안 돼. 그래서? 아이리가 말하는 세이짱이란 사람이 있었는데, 어쨌다고."

"예? 도와주고 싶어서요."

"세이짱은 도움이 필요한 상태인 거야?!"

노지마가 즉각 태클을 걸었다.

"무슨 얘기인지 전혀 모르겠어! 우리는 세이짱이 누군지 모르고, 결국 어떻게도 할 수 없다고."

"그, 그럴 수가~ 매정합다~."

"내가 틀린 말을 하진 않았잖아!"

아이리가 아무리 『세이짱』이란 인물에 관해 전하려고 해도, 누군지 모르는 이상은 어떻게 할 수도 없었다.

게다가 아이리는 『세이짱』과 만난 후에 어쩔 것인지 아무런 계획도 없없다.

시미즈는 한숨을 쉬면서도 상황을 정리했다.

"후우…… 아무튼 지금 알고 있는 건 아이리가 찾는 『세이짱』이란 인물이 F반에 있었다는 거지?"

"그렇습다!"

"귀찮으니까 만나고 나서 이것저것 정하면 되지 않아? 난

아이리가 무슨 생각을 하는지 모르겠어."

"가, 갑자기 만나러 가면…… 싫어하지 않을까요……?"

"귀찮아아아아아아아아아아!"

노지마의 외침은 타당했다.

그런 노지마를 시미즈가 달래는 가운데, 아마카와가 갑자기 히죽거리기 시작했다.

"그보다 아이리의 반응을 보니~ 어떻게 생각해도 『세이짱』한테 반한 것 같은데?"

"뭐?! 정말이야?!"

"……뭐, 나도 그렇게 생각했어."

노지마 이외의 두 사람이 그렇게 말하자 아이리는—.

"그그그그그런 거, 아…… 아닙다!"

『다우트.』

세 사람이 동시에 그렇게 말했다.

"아이리…… 너무 알기 쉽잖아……."

"유우카는 몰랐잖아……."

"아, 아니거든?"

"뭐, 아무튼…… 아이리는 그 『세이짱』을 좋아하는구나."

조금 전까지 귀찮다고 생각했던 세 사람도 역시 여자라서 그런지, 연애 이야기 기운이 풍기자 관심을 나타내기 시작했다.

갑자기 눈을 번뜩이는 세 사람 앞에서 아이리는 어색하게 얼굴을 굳혔다.

"뭐, 뭐죠……."

"얌전히 몽땅 털어놔!"

"으아아아아악!"

여고생, 또는 여중생 같은 기세로 마구 치대는 공격에 아이리는 항복했다.

"아, 알겠습다! 말할게요!"

"잘 생각했어."

"그래그래, 포기는 중요해."

"좋아, 그럼 말해 봐!"

아이리는 원망스럽게 세 사람을 노려봤다가 한숨을 쉬고 이야기하기 시작했다.

"하아…… 저랑 세이짱은 중학교 때 만났습다. 지금이야 이렇게 모두와 함께 있지만 예전에 저는 외톨이였습다."

"진짜?!"

"아이리가……? 못 믿겠어."

"완전 뜻밖이다~."

아이리가 말한 충격적인 사실에 세 사람은 놀람을 감추지 못했다.

이 세 사람은 아이리가 고등학교에 들어와서 사귄 친구였고, 중학생 때 이야기는 한 적이 거의 없었다.

"제가 이렇게 된 건 중학교 끝 무렵이었고 그전까지는 정말로 외톨이였는데…… 지금 이러고 있을 수 있는 건 세이짱

덕분임다."

"뭐?"

또다시 예상치 못한 전개에 세 사람은 얼빠진 목소리를 냈다.

"방금 말했던 대로 외톨이라서 점심은 인적 드문 옥상 가는 계단에서 먹었슴다. 이야~ 그립네요."

아이리는 그렇게 말하고 옛날 일을 떠올렸다.

◆ ◇ ◆

"하아……."

저 세토 아이리는 중학생 때 한숨을 쉬며 홀로 외롭게 도시락을 먹고 있었습니다.

왜 혼자 먹고 있냐면……눈치채셨다시피 친구가 한 명도 없었기 때문입니다. 지금과 달리 소극적이었다고요.

아무튼 중학교에 들어온 저는 혼자 밥 먹기 딱 좋은 장소인 이 옥상 가는 계단을 발견한 뒤로 매일 여기서 홀로 도시락을 먹었습니다.

어느 중학교나 대체로 똑같겠지만, 저희 중학교도 옥상은 출입 금지였기에 혼자 밥 먹는 게 가능했습니다. 옥상에 못 들어가게 할 거면 아예 옥상 가는 계단을 없애면 될 텐데. 뭐, 피난 장소로는 쓰이겠지만요.

결과적으로 저도 그 계단을 이용했으니 딱히 크게 불만은 없었습니다.

그렇게 평소처럼 도시락을 거의 다 먹었을 때 세이짱이 찾아왔습니다.

"어? 사람이 있잖아?!"

갑자기 나타난 세이짱을 보고 저도 굳을 수밖에 없었습니다. 설마 저 말고 이런 곳에 오는 외톨이밥의 명수가 있을 줄은 몰랐기 때문입니다.

그렇게 세이짱과 처음 만났을 때의 인상은…… 전형적인 왕따라는 거였습니다.

엄청나게 뚱뚱한 데다가, 이렇게 말하면 좀 그렇지만, 얼굴도 도저히 괜찮다고 말할 수 없는 수준이었습니다.

독특한 냄새도 났는데, 저는 신경 쓰이지 않았지만 다른 사람들은 불쾌하게 느꼈던 모양입니다.

그런 여러 가지 요소가 겹쳐서 세이짱은 꽤 심한 괴롭힘을 당하고 있었습니다.

다행히 저는 친구가 없을 뿐 괴롭힘을 당하진 않았지만…….

아무튼 서로 이런 곳에 다른 사람이 있을 줄은 몰라서 한동안 침묵이 이어졌습니다.

맨 처음 침묵을 깬 사람은…… 세이짱이었습니다.

"저기…… 외톨이야?"

"그쪽이 할 말임까?!"

설마설마했던 대사에 저는 무심코 태클을 걸고 말았습니다.
하지만 세이짱은 그런 저를 신경 쓰지 않고 웃었습니다.
"하하하하하! 확실히 내가 말하는 건 이상하지! 눈물 난다!"
"죄, 죄송합니다?"
"의문형으로 사과받으니 더 괴로워!"
이때에도 세이짱은 떠들썩한 사람이어서 처음에는 쫓아가지 못했습니다.
"왜 이런 데서 밥 먹고 있는 거야?"
"……그쪽이 여기 온 이유와 비슷할 것 같은데요……."
"어……? 정말로 혼자 먹고 있었어?! 거짓말!"
"그쪽도 혼자 먹으면서 왜 거짓말이라고 함까?"
"아, 그러네. 아니, 하지만 나는 왕따라서 혼자 먹는 거고. 너는 나랑 달리 괴롭힘당하고 있지는 않은 것 같은데. 그래서 왜 이런 데서 먹고 있나 싶었던 거야."
"……그쪽과는 상관없습다."
"그야 그런가. 근데 여길 못 쓴다니…… 혼자 먹을 수 있는 다른 장소는 모르는데……."
곤란한 모습으로 그렇게 말하는 세이짱을 보고 저는 이렇게 말했습니다.
"……그럼 같이 먹겠슴까?"
"어?"
"그쪽, 괴롭힘당하고 있죠? 밥 정도는 편하게 먹고 싶지 않습까?"

"그래 주면 고맙긴 하지만…… 넌 괜찮아?"

"여기서 거부할 만큼 저는 악마가 아닙다."

"그렇구나…… 그럼 감사히 받아들일게."

이렇게 저와 세이짱의 기묘한 관계가 시작되었습니다.

그 후로 저와 세이짱은 점심시간 때마다 옥상 가는 계단에 모여 외톨이밥을…… 아뇨, 외톨이끼리 밥을 먹었습니다.

이야기해 보니, 세이짱은 늘 기분이 업되어 있어서 때때로 쫓아갈 수 없긴 했지만 매우 착한 아이임을 알 수 있었습니다.

서로 취미도 전혀 달랐지만 세이짱은 의외로 이야기를 잘 들어 줘서 저도 이야기하는 것이 즐겁다고 여기게 되었습니다.

그런 날이 한동안 이어졌고, 저는 처음으로『친구』라고 할 수 있는 존재가 생긴 것에 힘입어 눈 딱 감고 말을 꺼냈습니다.

"세…… 세이짱!"

"엥? 세이짱?"

세이짱이라고 처음으로 부르자 세이짱은 얼떨떨한 표정을 지었습니다.

"그렇습다!『**히이라기 세이이치**』의 세이이치에서 따와 세이짱임다!"

맞아…… 세이짱의 본명은『히이라기 세이이치』였습니다.

이때부터 쭉 세이짱이라고 부른 탓에 까맣게 잊고 있었습니다.

……그리고 『세이짱』이라는 호칭이 통하는 사람은 나뿐이라고 생각하니까…… 왠지 세이짱이라는 울림이 특별하게 느껴져서 기뻤습니다.

아무튼 처음으로 『세이짱』이라고 불려 멍해졌던 세이짱은 이내 뺨을 물들이며 웃었습니다.

"뭐랄까…… 그렇게 불린 적이 없어서 되게 쑥스럽다……."

귀여웠습니다.

다른 사람들이 어떻게 생각할지는 모르겠지만 제가 보기에 세이짱의 웃는 얼굴은 역사상 최강으로 귀여웠습니다. 그거 아나요? 갸루#3 사이에서 귀여움은 정의입니다.

……다른 세계에서도 마찬가지일지도 모르죠.

하지만 제가 원하는 것은 이게 전부가 아니었습니다.

"그리고 세이짱은 저를 『아이링』이라고 불러 줬으면 좋겠습다!"

"아이링?! 우리 둘 다 아싸잖아. 무리하지 마……."

"너무한 것 아닙까?!"

"농담이야. 다만…… 그게…… 그 호칭은……."

세이짱이 말을 우물거리며 좀처럼 『아이링』이라고 불러 주지 않아서 제가 시무룩해지자 세이짱은 허둥지둥 불러 주었습니다.

"아, 아이링!"

#3 갸루 외모에 신경을 많이 쓰고 꾸미는 여학생. 보통 성에 개방적인 이미지. 노는 애들.

"헤헤헤~ 쑥스럽네요~."

"나야말로 창피해서 죽을 것 같아!"

양손으로 얼굴을 가리고 그렇게 태클을 거는 세이짱을 저는 한동안 놀렸습니다.

이렇게 서로의 호칭이 바뀌면서 우리는 또 사이가 좋아졌습니다.

……그러네요. 이만 인정하겠습니다. 이 무렵부터 저는 세이짱에게 이성으로서 관심이 갔습니다.

친구가 없었던 제게 연애는 터무니없이 허들이 높았기에 아무것도 할 수 없었지만요.

점심시간 외에 세이짱과 만나는 일은 없었습니다.

제 쪽에서 이야기하러 가도 세이짱이 피했습니다.

처음에는 충격을 받고 몹시 괴로웠지만…… 세이짱은 괴롭힘당하고 있었으니까, 거기에 제가 말려들지 않도록 그런 것임을 알아차렸고…… 저는 또 괴로워졌습니다.

그러던 어느 날, 평소처럼 둘이서 점심을 먹는데 세이짱이 갑자기 이상하다는 표정으로 물었습니다.

"그러고 보니 아이링은 왜 외톨이야?"

"너무한 질문이네요!"

제가 그렇게 말하자 세이짱은 황급히 말을 이었습니다.

"아, 아니, 미안. 나쁜 뜻으로 한 말은 아니야. 아이링은 나와 달리 괴롭힘당하고 있는 건 아니잖아? 그래서……."

“……저도 좋아서 외톨이로 있는 건 아닙니다. 하지만 저는 남들과 대화하는 게 서툴러서…….”

“나랑은 이렇게 잘 말하는데?”

“세이짱은…… 뭐…… 이야기하기 쉽습다. 그리고 저는 자신감이 없고…….”

“좀 더 자신감을 가져! 아이링은 예쁘니까 제대로 꾸미고 지금 나랑 얘기하는 것처럼 다른 사람과 얘기하면 반드시 친구가 생길 거야!”

“예, 예뻐?!”

갑자기 세이짱에게 예쁘다는 말을 들어서 저는 당황하고 말았습니다.

“응? 이상한 말 했나?”

“아, 아뇨…… 하지만 예쁘다니…….”

“……아~ 역시 옛날처럼 아무 부끄럼 없이 잘라 말하지는 못하지만, 좋다고 생각한 건 제대로 말해야 상대방에게 전해지잖아? 그러니까 이건 내 본심이야.”

“아, 저…… 그게…….”

세이짱의 말이 본심임을 알자 더욱 혼란스러워졌습니다.

머릿속이 새하얘져서 어떻게 하면 좋을지 필사적으로 생각하는데 어느새 제 입은 자연스럽게 움직이고 있었습니다.

“……세이짱은…… 제가 꾸민 모습…… 보고 싶습까?”

“응.”

아무런 망설임도 없이 세이짱은 고개를 끄덕였습니다.

제가 외모에 신경 쓰게 된 것은 이때부터입니다.

처음에는 아무것도 몰라서 이런저런 잡지를 보며 화장법이나 옷 고르는 법 등을 배우려고 했지만 아무래도 혼자서는 한계가 있었습니다.

그래서 저는 처음으로 용기를 내 같은 반 여학생에게 말을 걸었습니다.

무서웠지만, 그 이상으로 세이짱에게 더 예쁜 모습을 보여 주고 싶었기 때문입니다.

용기를 내 말을 걸어 보니…… 맥 빠질 만큼 쉽게 여자 그룹에 낄 수 있었습니다.

심지어 세이짱과 대화하듯이 말할 수 있었습니다.

정신 차리고 보니, 조금 갸루풍이긴 했지만 저도 꾸밀 수 있게 됐습니다.

그 후로 점점 제 학교생활이 변해 갔습니다.

우선 여자뿐만 아니라 다른 남자도 제게 말을 걸게 되었습니다.

처음에는 세이짱이 아닌 남자와 대화하는 것에 긴장했지만 이것도 시간이 지나자 아무렇지도 않아졌습니다.

그리고 여전히 믿을 수 없지만 남자에게 고백받는 횟수가 엄청나게 늘어났습니다.

좀 친해졌다 싶은 남자부터 시작해서 그야말로 여자를 밝힐 것 같은 남자까지…… 아무튼 여러 종류의 남자에게 고백받았습니다.

하지만 유감스럽게도 제 마음이 움직인 적은 한 번도 없었습니다.

제게는 세이짱뿐이었으니까요.

이렇게 저의 외톨이 학교생활은 밝은 학교생활로 바뀌어 갔지만…… 그 대신 가장 소중한 것을 잃었습니다.

점심시간에 더 이상 세이짱이 오지 않게 되었습니다.

저는 끈기 있게 점심시간에 옥상 계단으로 갔지만 세이짱은 돌아오지 않았습니다.

그리고 제게 새로운 친구가 생기면서 자유롭게 움직일 수 있는 시간이 줄었습니다.

그래서 필연적으로 낮에도 옥상 계단으로 가는 게 아니라 친구들과 먹게 됐습니다.

그때 처음으로…… 외톨이일 때가 좋았다고 생각하고 말았습니다.

결국 저는 세이짱과 재회하는 일 없이 중학교를 졸업했습니다.

다행히 같은 고등학교에 다닌다는 것을 소문으로 들었다고 할까, 괴롭힘당하고 있다는 정보로 알게 돼서 기분이 복잡했지만 기뻤습니다.

그러나 저는 세이짱을 만날 수 없었습니다.

교실에 찾아가도, 교내를 돌아다녀도…… 마치 저를 피하고 있는 것처럼 만날 수가 없었습니다.

나중에 알게 됐는데, 세이짱은 한때 정말로 집에 틀어박혀 있었다고 합니다.

그렇게나 꿋꿋하고 긍정적으로 행동했던 세이짱이 집에 틀어박히다니 상상도 할 수 없었습니다.

제가 모르는 곳에서 그만큼 힘든 일이 있었던 거겠죠.

그럴 때 아무런 힘도 되어 주지 못한 것이…… 너무나도 분했습니다.

……세이짱은 제가 앞으로 나아가도록 해 줬습니다.

그 마음을 헛되이 하고 싶지 않았기에 저는 저대로…… 세이짱에게 고마워하며 지금까지 즐겁게 지냈습니다.

그러던 와중에 모두와 함께 이 세계에 갑자기 오게 되었습니다.

처음에는 혼란스러웠지만, 냉정히 생각해서 이럴 때야말로 제가 세이짱을 도와야 하지 않을까요.

지금의 저라면 세이짱을 지킬 수 있을 테니까—.

◆ ◇ ◆

“뭐…… 이런 느낌일까요…….”

“홀딱 반했잖아.”

"염장 지르는 거야?"

"너도 그렇고 그 세이짱이란 녀석도…… 고생했구나……."

"감상 한번 너무함다! 유우카는 과하게 감정 이입했고요!"

루미와 노아는 약간 어이없다는 눈이었지만 유우카는 제 이야기를 듣고 울고 있었습니다. 응, 유우카는 이런 애였죠.

"이것저것 말했지만 세이짱은 제 은인임다. 그러니까 고맙다고 하고 싶슴다. 그리고 이번에는 제가 도와주고 싶슴다."

제가 그렇게 말하자 세 사람은 얼굴을 마주 봤습니다.

"정말이지…… 어쩔 수 없네! 이런 얘기를 들으면 도와주고 싶어지잖아!"

"솔직히 귀찮지만 아이리를 위해서니까."

"응. 도울게."

저는 세 사람의 말에 무심코 반문하고 말았습니다.

"정말로 괜찮슴까? 다들 세이짱과 아무런 상관도 없는데……."

"괜찮아. 우리의 아이리가 신세 졌는걸. 그렇다면 우리도 고맙다고 해야지."

"딱히 저는 여러분의 것이 아닌데요?"

"그런 얘기가 아니잖아! 흐름을 헤아리라고!"

유우카의 태클에 저는 무심코 웃어 버렸습니다.

……세이짱. 세이짱 덕분에 용기를 얻은 저는 이렇게 소중한 친구를 만들 수 있었습니다.

“그럼 바로 F반에 돌격이다!”

“그, 그러니까…… 갑자기 만나러 가면…… 싫어하지 않을까요……?”

“진짜 귀찮네!”

그렇게 또 유우카에게 한 소리 들었습니다.

요동치는 테르베르와 또 다른 음모

"정말이지…… 이런 변경 땅에서 회합이라니."

"으하하하하! 너무 그렇게 말하지 마! 이게 성공하면 마신님의 부활에 한 발짝 다가가잖아?"

"……맞아. 오히려 대국이 아니기에 난이도도 내려가."

왕도 테르베르 부근의 숲에 세 사람이 있었다.

"근데 왜 너희까지 있는 거야? 이번 일을 맡은 건 나 혼자잖아?"

"……너도 알겠지만 이번 일은 그만큼 중요해. 실패할 수는 없어."

"그렇지. 최악에 우리가 죽더라도…… 목표를 확실하게 처리해야 해."

"뭐…… 성공률이 오른다면 불만은 없어. 하지만 사도인 우리가 셋이나 있잖아. 게다가 크라이스 녀석이 마물도 줬고. 실패할 리가 없을 것 같은데."

한 명이 자신만만하게 말했으나 다른 한 명이 냉정하게 부정했다.

"……유감스럽지만 그것도 의심스러워."

"왜?"

"……데미오로스가 당했어."

『뭐?』

그 말에 두 사람이 깜짝 놀랐다.

"어이어이, 농담이지?"

"그야 그 녀석은 전투부대원이 아니지만 사도라는 점은 변함없어. 그런데 당했다고?"

"……나도 처음에는 놀랐어. 하지만 정말인 것 같아. 그것도 바바드르 마법 학원에서 당했다나 봐."

"애송이들한테 당했다는 거야?"

"……자세한 내용은 몰라. 하지만 앙글레아도 마찬가지야."

"앙글레아? ……아아, 그 불쌍한 여자. 그 녀석이 어찌 되든 알 바 아니지만, 데미오로스 쪽은 무시할 수 없네……."

"……아무튼 우리가 예상하지 못한 일이 일어날 수도 있어. 이번 일도 정신 바짝 차려."

"으하하하하! 맡겨만 둬!"

"……네가 가장 걱정되는데……."

대화를 끝낸 세 사람은 어둠에 녹아들듯 그 자리에서 사라졌다.

◆ ◇ ◆

“오랜만이야, 여보.”

“엘레미나…….”

왕도 테르베르, 성내에 있는 자신의 사실(私室)에서 란제는 한 여성과 마주 보고 있었다.

거룩하게 빛나는 완만하게 웨이브진 금발을 허리까지 기르고 호화로운 망토와 드레스 아머를 걸치고 있는 사람은 윔블그 왕국의 국왕인 란제의 아내이자 S급 모험가……『번개 여제』라는 이명을 지닌 엘레미나 키사 윔블그였다.

“설마 마족의 왕과 회합을 할 줄은 몰랐어.”

“그렇지. 이게 어떻게 굴러갈지는 알 수 없지만…… 일일이 어떤 대국에 겁먹기도 귀찮으니까. 마족도 나쁜 녀석들이 아니야.”

담담한 모습으로 그렇게 말하는 란제를 보며 엘레미나는 웃었다.

“당신은 여전하네……. 하지만 나는 그런 부분이 좋아.”

“……하지 마, 쑥스럽잖아.”

흔치 않게 란제는 첩을 두지 않았고 엘레미나와의 금실도 매우 좋았다.

“회합의 경비를 위해 돌아와 준 거지?”

“맞아. 그리고 일단 나도 왕비니까. 당신 덕분에 내 욕심껏 모험을 계속하고 있는걸. 이럴 때는 내가 당신의 힘이 돼야지."

"고마워."

오랜만에 재회하여 서로 느긋하게 나누고 싶은 이야기가 많았지만 마족의 왕인 마왕의 딸이 바로 근처까지 와 있었다.

각자가 자신의 역할을 자각하고 있기에 지금은 조용히 서로를 바라보는 데 그쳤다.

"……그럼 슬슬 준비해야겠어."

"……그러네. 나도 다른 S급 모험가들과 합류할게."

엘레미나는 그렇게 말하고서 망토를 휘날리며 자리를 뜨려고 했다.

하지만—.

"꺄악!"

"……."

엘레미나의 망토가 근처 관엽 식물에 걸렸고, 그 반동으로 옆에 놓여 있던 항아리가 쓰러져서 엘레미나는 그 자리에 넘어졌다. 게다가 위에서 관엽 식물이 떨어졌다.

"아파아아아아아아아!"

"……하아. 덜렁대는 건 여전하구나……. 제발 마족 앞에서 실수하지 마……."

머리에 혹이 생긴 엘레미나를 안아 일으키며 란제는 그렇게 투덜거렸다.

◆ ◇ ◆

"……저기 보이는 게 윔블그 왕국의 왕도?"

"그렇습니다."

마족 집단이 왕도 테르베르의 입구인 문 근처에 있었다.

그들이 바로 이번에 윔블그 왕국에서 회합을 갖는 마족군 일행이었다.

마왕의 딸인 루티아 뷰트를 필두로 제3부대 대장인 레이어 페르저 등 마족군의 대장 전원이 이곳에 와 있었다.

"루티아 님. 저희를 전부 데려와도 괜찮았던 건가요? 그랑베주의 수비는……."

"……괜찮아. 백룡신이 지켜 준대."

"아아, 백룡신님께서 계신다면…… 괜찮겠네요."

레이어가 불안을 토로했지만 루티아의 말에 곧장 안도했다.

그러나 그 후에 루티아는 표정을 흐리고서 살짝 고개를 숙였다.

"……하지만 크라이스는 남았어. 왜 따라오지 않은 걸까? 괜찮을까?"

"……루티아 님. 그 녀석을 걱정할 필요는 없어요. 그보다 이번 회합을 반드시 성공시켜서 그 녀석을 깜짝 놀래켜 주죠."

"……응, 그러네."

루티아는 레이어의 말에 작게 고개를 끄덕이고서 앞을 보았다.

그 모습을 보고 제2부대 대장인 조르아 왈토레가 불만스러운 목소리를 냈다.

"그 자식 죽여 버리면 안 돼? 우리가 출발할 때도 계속 인간이 어쩌고저쩌고 마족과의 관계가 어쩌고저쩌고했잖아. 그딴 놈은 죽여 버리는 게 좋지 않을까?"

흉흉한 말을 하는 조르아를 제1부대 대장인 제로스 아르바나가 조용히 달랬다.

"진정해. 나도 그 녀석의 태도는 마음에 안 들지만 죽여 버릴 정도는 아니야."

"엉? 뭔 개소리야? ……너도 눈치챘잖아? 그 자식, 분명 뭔가 꾸미고 있어."

"……아직 아무런 증거도 없으니 어떻게 할 수도 없어. ……그리고 괜찮을 거라고 단언할 수는 없지만 제1부대 전원에게 크라이스를 감시하라고 했어."

"하! 그딴 송사리의 감시라니 아주 편한 일이네. 마족군 최강의 부대는 무슨, 기가 막혀서."

"뭐라고?"

조르아와 제로스 사이에 불온한 분위기가 감돌기 시작하자 징벌부대 대장인 제이드 레벤이 어이없어하며 말했다.

"자기들…… 기운찬 건 좋은데 장소를 생각하자?"

"엉? 나는 사실을 말했을 뿐이야."

"이 녀석이 시비를 걸잖아."

동시에 말하는 조르아와 제로스를 보며 제이드는 한숨을 쉬었다.

"하아…… 왜 이럴 때는 호흡이 딱 맞는 거야……. 진짜, 그런 부분이 귀엽다니까!"

"""……."""

제이드가 아무렇지도 않게 꺼낸 한마디에 두 사람은 침묵했다.

"……조르아, 제로스. 고마워. 하지만 크라이스도 마족의 소중한 동료야. 괜찮아."

"……알겠습니다."

"……존명."

루티아가 미소 지으며 두 사람에게 말해서 두 사람은 얼굴을 마주 보고 고개를 끄덕였다.

그런 흐름을 조용히 바라보던 제4부대 대장 리아레타 발헤임은 마찬가지로 상황을 지켜보던 제5부대 대장 우루스 버뮤에게 말했다.

"하아…… 여기서도 싸우는 건 아닐까 싶어서 조마조마했어. 그렇지? 우루스."

"……."

"……우루스? 기절했잖아?!"

조르아와 제로스의 불온한 분위기에 우루스는 기절한 상

태였다.

그런 대화를 나누며 루티아 일행은 마침내 왕도의 문에 도착했다.

"……이곳이…… 왕도 테르베르……."

작게 중얼거린 루티아는 문 안으로 들어가려고 했다.

그러자 문을 지키던 병사가 제지했다.

"어이쿠, 미안. 검문하고 싶은데 괜찮을까?"

어딘가 나른한 모습으로 그렇게 물은 사람은 윔블그 왕국의 병사인 클로드 슈라이저였다.

클로드가 평소처럼 긴장감 없이 루티아를 대했기에 조르아가 따지려고 했지만 루티아가 먼저 손으로 제지했다.

"……괜찮아. 그런데 어째서?"

루티아가 어째서냐고 물은 것에는 「마족군이 온다는 이야기가 문지기에게 전해지지 않았는가?」라는 의미도 담겨 있었다.

"응? 그게 아무래도 마족의 높으신 분들이 이 나라에 온다는 것 같아서 말이지. 무슨 일이 생기면 곤란하니까 이렇게 확실하게 검문하는 거야. 그보다 자세히 보니 다들 마족 같은데?"

"……맞아. 그리고 우리가 그 마족군이야."

"흐응, 그렇군…… 뭐어어어어어어어어어어어?!"

클로드는 단순히 눈치채지 못했을 뿐이었다.

"아, 그게…… 죄송합니다! 이봐! 마족분들이 오셨다고 서

둘러 폐하께 전해!"
"알겠어!"
머리를 푹 숙인 후, 클로드는 곧장 동료 병사에게 지시를 날렸다.
그리고 겸연쩍어하며 다시금 사죄했다.
"그게…… 정말로 죄송합니다……."
"……괜찮아. 당신 덕분에 이 나라가 우리를 확실하게 생각해 준다는 걸 알았어. 그러니까 나야말로 고마워."
"예?"
예상치 못한 감사에 클로드는 얼빠진 목소리를 냈다.
그러는 사이에 바로 마차가 마중 나왔다.
루티아 일행이 마차에 타는 것을 한동안 멍하니 바라보던 클로드는 이윽고 정신을 차리고서 웃으며 평소처럼 말했다.
"아, 깜빡했네. 테르베르에 오신 것을 환영합니다!"
"……응, 고마워."
이렇게 다양한 조직과 의도가 윔블그 왕국의 테르베르에 차례차례 모였다.

◆ ◇ ◆

카이젤 제국 왕의 방.
현 제왕인 셸드 윌 카이젤은 옥좌에서 다리를 꼰 채 제국

제일의 마법사 헬리오 로번과 어떤 계획에 관해 이야기하고 있었다.

"폐하. S급 모험가에 이어 마침내 윔블그 왕국에 마족 무리가 입국했다고 합니다."

"그런가."

헬리오의 보고를 받고 셸드는 히죽 웃었다.

"준비는 됐나?"

"예. 꾸준히 모은 던전의 무구를 준 부대를 각 방면에 배치해 뒀습니다. 이제 폐하의 한마디면 전부 끝날 겁니다."

"크크큭…… 자키아는 어쨌지?"

"그자는 지금 데오르 왕국 쪽에 배치해 뒀습니다. 데오르 왕국 다음에는 그대로 인근 부대와 합류하여 똑같이 움직이라고 했습니다."

헬리오의 말에 셸드는 더 짙게 웃었다.

"그래, 잘했다. 【왕검】은 나를 위해 힘을 발휘해야지! 헬리오, 자키아가 없는 지금, 누가 나의 경호를 담당하고 있지?"

"접니다."

그 말과 함께 온통 까만 차림에 눈가 말고는 얼굴을 알 수 없는 꺼림칙한 남자가 그림자 속에서 갑자기 나타났다.

검은색 두건을 써서 눈 부분만 노출했는데 유일하게 보이는 그 눈은 삼백안이었고 그 아래에는 짙은 다크서클이 있었다.

"호오? 루티스, 네놈인가."

"예……. 자키아가 없는 동안 저희 암살부대가 경호를 맡겠습니다. 타국의 암살 시도나 습격은 걱정하지 않으셔도 됩니다."

"하하하하하! 네가 경호한다면 든든하지. ……그러고 보니 예전에 윔블그 왕국에 보냈던 【황혼의 암살자(트와일라잇 어쌔신)】는 어떻게 됐지?"

그 말에 루티스라고 불린 검은 복장의 남자는 눈썹을 찡그렸다.

"……그 수인은 임무에 실패한 모양입니다. 결국 수인은 임무 하나 만족스럽게 해내지 못하는 짐승보다 못한 존재였던 것이죠."

"그런가……. 그거 아쉽군. 네가 기술을 가르쳤다고 들었는데……."

"예……. 하지만 저희 암살부대에는 그 밖에도 뛰어난 자가 많이 있습니다. 저의 시간이 물거품이 된 것은 화가 나지만, 그 수인에게는 크게 중요한 정보도…… 자유도 주지 않았기에 우리나라에 손해는 없을 겁니다."

"흥…… 뭐, 좋다. 아무튼 자키아가 없는 동안 경호를 부탁한다."

"존명."

루티스는 그렇게 말하고서 다시 그림자에 녹아들듯 사라졌다.

“자, 준비는 다 됐다. 이 세계를 내 나라의 깃발로 유린하라.”

“모든 것은 폐하의 뜻대로.”

윔블그 왕국을 중심으로 사태가 크게 움직이기 시작한 뒤편에서 카이젤 제국 또한 움직이기 시작하고 있었다.

용사 VS 세이이치

나, 히이라기 세이이치는 명계에서 돌아온 뒤로 평온한 나날을 보내고 있었다.

지금도 내 눈앞에서는 베아트리스 씨가 제작한 개인별 맞춤 교재를 이용하여 머리 좋은 그룹이 아그노스 같은 문제아에게 시험에 대비해 공부를 가르치고 있었다.

아쉽게도 나는 공부 쪽으로는 아무것도 할 수 없었기에 그저 바라볼 수밖에 없었다. 무능해서 죄송합니다.

참고로 부모님은 얼마 전에 테르베르로 출발했다.

보물상자도 있으니까 전이 마법으로 갈 수 있었지만, 아무래도 이번에는 급한 일도 아니니 느긋하게 여행을 즐기며 간다는 모양이었다.

원래는 가볍게 여행을 즐길 수 있을 만큼 평화로운 세계가 아니지만 같이 가는 멤버가 멤버다 보니.

예전 용사 일행에 초대 마왕, 거기다 용사의 스승까지 있다고. 누가 이 집단을 해할 수 있겠어.

그리고 부모님도 여행이 기대됐는지 헤어질 때 이런 말을 했다.

『여보! 여행은 오랜만이네요! 맛있는 것 잔뜩 먹어요!』
『그래. 그리고 만약 지구에 돌아갈 수 있게 되면 이 세계의 무언가가 돈이 될지도 몰라.』
『정말, 순수하게 여행을 즐기자고요. 아, 세이이치? 카메라 가지고 있니?』
이세계를 전력으로 즐기는 부모님을 보고 나는 감복할 수밖에 없었다. 진짜 대단해.
아무튼 일시적이지만 부모님과 헤어지는 것은 솔직히 섭섭했다.
하지만 예전과는 달리…… 지금은 만나고자 하면 만날 수 있었다.
그런 당연한 일이 가능한 것만으로도 나는 충분했다.
부모님의 여행이 걱정되지는 않지만, 그것과는 별개로 헤어질 때 제아노스와 했던 대화가 묘하게 마음에 걸렸다.
『세이이치 공. 다시금 감사를 표하지. 고맙다.』
『……아냐, 나야말로. 고마워.』
『……세이이치 공이라면 걱정하지 않아도 되겠지만…… 하나 충고하지. 카이젤 제국이란 곳을 조심해.』
『뭐?』
『기우라면 좋겠으나…… 만약 내가 상상한 대로라면 카이젤 제국의 제왕은 위험해.』
『그게 무슨 뜻이야……?』

『……확증이 없기에 자세히는 말할 수 없지만 머리 한구석에 담아 둬.』

결국 자세한 내용은 가르쳐 주지 않았으나, 내가 생각하는 것 이상으로 카이젤 제국은 성가신 존재일지도 모른다.

드물게 어려운 생각을 하고 있는데 갑자기 아그노스의 목소리가 들렸다.

"어떠냐!"

"……저번보다 점수는 올랐지만, 왜 『기합』이라는 답이 안 사라지는 거야?"

"그야 『기합』으로 어떻게든 되니까!"

"될 리가 없잖아."

아무래도 아그노스의 모의시험 점수가 오른 모양인데, 변함없이 『기합』이라는 한마디로 정리하려고 하는 듯했다.

그런 아그노스의 모습을 보고 헬렌이 머리를 싸맸다.

"그렇게나 가르쳤는데 왜 『기합』이라는 한마디로 끝내는 거야……. 바보야? 아니면 그런 바보에게 시간을 할애한 내가 바보인가……?"

"말 심하게 하네!"

"사실이잖아? 근데 이레네는 공부 안 해도 돼?"

싹둑 내쳐진 아그노스는 멍한 모습이었다.

그리고 헬렌에게 질문받은 이레네는 머리카락을 쓸어 올리며 여유롭게 웃었다.

"당연하죠. 저는 완벽하고 무적이라 공부에도 사각지대가 없어요."

"어려워하는 부분 없어?"

"없어요. 굳이 말하자면 글자를 완벽한 균형으로 예쁘게 쓰는 것일까요?"

"공부조차 아니잖아……."

이레네의 기상천외한 대답에 헬렌은 다시 머리를 싸맸다.

"저기~ 헬렌. 제 쪽은 어떤가요~?"

"응? 잠깐만…… 응, 레이첼은 점점 좋아지고 있어."

"정말인가요? 기뻐요~!"

레이첼이 포근하게 웃자 헬렌도 따라서 웃었다.

"저기저기! 나는? 나는?!"

이어서 플로라가 끝낸 프린트를 헬렌에게 건넸고, 그것을 확인한 헬렌은…….

"응, 보통이야."

"보통이라니?! 상처받았어!"

"아니, 평범하게 잘 풀게 됐다는 말을 하고 싶었던 거야. 특별히 좋아지진 않았지만 평범하게 성적은 오르고 있어."

"이상하다……. 성적이 올랐으니 기쁠 텐데, 보통이란 말을 들으니 왠지 기쁘지 않아……!"

플로라. 평범함은 훌륭한 거야. 언제 한번 테르베르의 길드 본부에 가 보렴! 평범함은 대단해!

"다 했다~!"

길드 본부의 변태들을 떠올리고 나도 모르게 먼 산을 바라보는데 갑자기 사리아가 기뻐하며 말했다.

놀랍게도 사리아 전용으로 만들어진 공부 교재를 이용해 사리아도 지금까지 열심히 공부하고 있었다.

읽고 쓰는 것은 【끝없는 비애의 숲】에서 아벨의 일기를 읽고 습득했으므로 그 점은 문제 되지 않았다. ……사리아와 함께 일기를 읽었다는 것을 아벨에게 들키지 않아서 다행이야.

"……사리아, 굉장해. 전부 정답이야."

"정말?! 세이이치! 이것 좀 봐~!"

"오오, 굉장하다!"

헬렌에게 답을 확인받고서 사리아는 활짝 웃으며 내게 프린트를 보여 줬다.

말하지 않아도 온몸으로 『칭찬해 줘!』 오라를 풍겨서 나도 웃으며 사리아의 머리를 쓰다듬었다.

"끄으으으응……!"

루루네도 전용 교재를 이용해 공부하고 있지만 사리아와는 대조적으로 교재와 눈싸움만 벌였다.

"몰라…… 모르겠어……. 『약초는 무엇일까요』라는 이 문제는 뭐야……! 먹으면 전부 똑같잖아!"

"……먹보, 바보?"

"뭐, 뭐라고?!"

루루네의 터무니없는 발언에 오리가가 툭 중얼거렸다. 틀린 말은 아니야.

루루네가 말한 문제는 확실히 한쪽은 약초지만 다른 한쪽은 맹독을 지닌 독초였다. 먹으면 안 똑같아. 한쪽은 먹으면 죽어.

그렇게 각자의 페이스대로 공부하는 가운데, 특별히 변함없는 학생도 있었다.

"브루드는 괜찮아 보이네?"

"흥…… 어떤 근육뇌와는 다르니까."

"야! 다 들리거든?!"

"응? 나는 근육뇌라고 했을 뿐, 그게 너라고는 안 했는데?"

"아, 뭐야. 착각했잖아~."

"뭐, 널 말한 거지만."

"너 이 자식, 날려 버린다!"

여전히 사이가 좋구나.

아무튼 브루드는 공부를 배울 것도 없이 늘 고득점을 유지했고, 마찬가지로 베어드도 고득점을 유지하고 있었다.

문제가 있다면 아직도 변함없이 시험 답안을 사죄로 채우는 레온 정도였다. 나나 베아트리스 씨도 그렇지만, 이것에는 헬렌도 두 손 들었다.

다른 반은 어떤 상황인지 모르겠으나 우리 반은 착실히 시험공부 중이었다.

◆ ◇ ◆

헬렌을 중심으로 F반이 시험공부를 하게 되고 며칠이 지난 어느 날.

평소처럼 교실에 가니 뭔가 교실 안이 시끄러웠다.

"뭐지?"

"……교실에 평소보다 사람이 많아."

"응? 듣고 보니……."

문 앞에서 고개를 갸웃하자 오리가가 그렇게 지적해서 내 스킬 『세계안』으로 확인하니 F반의 전체 인원수보다 많은 사람이 F반 교실에 있음을 알 수 있었다. 명계에서 제아노스에게 배운 『생명력』을 감지해도 역시 교실 안에는 평소보다 사람이 많았다.

아무튼 안에 들어가 봐야 무슨 일이 일어났는지 알 수 있으므로 오리가와 함께 교실에 들어갔다.

그러자 아그노스를 비롯한 남성진이 여성진을 감싸며 어떤 집단과 대치하고 있었다.

"그러니까~ 똑같은 말 계속 하게 만들지 마."

"엉?! 그건 내가 할 소리야, 개자식아!"

"뭐? 너희, 우리가 누군지 알고 하는 소리야?"

아그노스와 대치 중인 집단은…… 놀랍게도 용사들이었다.

게다가 어째서인지 남자밖에 없었다.

"우린 용사라고. 마왕으로부터 세계를 지키기 위해 우리가 도와주겠다는데, 그런 상대를 너무 우습게 여기는 거 아니야?"

"알 게 뭐야, 멍청아! 네놈들이 용사라고 해서 전부 용서될 거라고 생각하지 마!"

"너희야말로 자기 주제를 알자. 요전번 교내 대항전도 어차피 부정행위를 해서 이겼겠지. 그런 녀석들이 우리 용사들을 이길 수 있을 것 같아?"

아무래도 분위기가 험악하다는 건 알겠는데, 왜 이런 일이 벌어졌는지는 도통 알 수 없었다. 용사가 여기 있는 이유도.

……칸나즈키 선배라면 의미도 없이 돌격해 올 것 같지만.

게다가 유감스럽게도 교사인 베아트리스 씨나 알은 이 자리에 없었다.

그건 그렇고, 설마 저번 교내 대항전의 결과를 부정행위로 이겼다고 할 줄은 몰랐어…….

확실히 내가 마법을 쓸 수 있게 도와줬고, 그 점을 부정행위라고 한다면 아니라고 하기 애매하지만, F반 학생들은 마법을 쓰지 않고 이겼다. 그러므로 내 힘은 관계없었다. 학생들의 실력이었다.

아무튼 나는 아그노스에게 다가갔다.

"대체 웬 소란이야?"

"아, 형님!"

"너는……!"

아그노스와 용사 사이에 끼어드는 형태로 다가가자 아그노스는 얼굴이 환해졌고 용사들은 얼굴을 찌푸렸다.

용사 집단을 보니 오오키와 코바야시, 아오야마 등등 지구에서 나를 괴롭혔던 녀석들이 모여 있었다. 정말 뭐 하러 온 거야?

예전 같았으면 이 멤버를 보고 다리가 얼어붙었겠지만, 용사들로부터 사리아와 루루네를 구한 이후로는 아무런 느낌도 받지 않게 되었다.

아오야마 일행도 그때 일을 떠올렸는지 내 모습을 보고서 격렬하게 노려보았다.

그런 시선을 무시하고 나는 용사들에게 물었다.

"여긴 F반인데…… 용사인 너희가 대체 무슨 일로?"

"딱히 어려운 얘기를 하고 있었던 건 아니야."

내 질문에 답한 사람은 코바야시 일행이 아니라 그 뒤에 조용히 있던 세 사람 중 한 명이었다.

자세히 보니 지구에서 활약했던 아이돌 그룹의 멤버…… 키사라기 마사야 선배였다.

잘은 모르지만 키사라기 선배는 나와 정반대인 대단한 사람이라 솔직히 접점이 없었다.

키사라기 선배는 반듯한 얼굴로 웃었으나 그 웃는 얼굴이 왠지 불쾌하게 느껴졌다.

내가 그런 느낌을 받는 가운데, 키사라기 선배는 웃으며 말했다.

"거기 있는 여자들을 우리한테 주지 않을래? 라는 얘기지."

"……허?"

나는 키사라기 선배의 말뜻을 이해하지 못하고 얼빠진 목소리를 내고 말았다.

그러자 키사라기 선배와 똑같은 아이돌 그룹의 멤버인 토고 렌토 선배와 오오야마 츠요시 선배가 이어서 입을 열었다.

"왜 그렇게 이상하다는 반응이야? 우리한테 거기 있는 여자를 내놓으라고 했을 뿐인데."

"따끔한 맛을 보고 싶지 않으면 얌전히 따르는 편이 좋을걸?"

오오야마 선배에 이르러서는 주먹을 뚜둑거리며 히죽 웃고 있었다.

그에 동조하듯 아오야마 일행도 추잡하게 웃었다.

그런 선배들에게, 용사를 소환한 카이젤 제국의 제2황자인 브루드가 입을 열었다.

"너희가 용사인 건 틀림없어. 하지만 그런 횡포가 용납될 리 없잖아."

브루드가 그렇게 말하자 용사들은 일순 서로의 얼굴을 마주 보더니 큰 소리로 웃기 시작했다.

"하하하하하! 재밌는 소리를 하네. 다 알아. 너, 카이젤 제국의 제2황자지? 평민의 피가 흐른다며!"

"평민의 피를 가진 아무 힘도 없는 낙오자 왕족은 빠져 있어."

아니, 당신들도 평민이잖아요? 적어도 내가 다니던 고등학교에 왕족은 없었거든요?

칸나즈키 선배조차 대재벌의 영애이긴 해도 귀족은 아니라고.

왜 똑같이 평민이면서 이렇게 으스댈 수 있는 거야? 너무 놀라서 말이 안 나와.

내가 아무 말도 못 하고 있으니 키사라기 선배는 우리를 깔보며 말했다.

"아무튼 너희 낙오자들을 용사인 우리가 써 주겠다는 거야. 남자는 우리의 잔심부름을 하고 여자는 우리에게 봉사하는 거지. ……나는 특별히 네가 마음에 들었어. 그러니까 네가 내게 봉사할 수 있게 해 주지."

"어? 나?"

키사라기 선배는 사리아를 가리켰다.

"그래그래. 미래가 없는 너희가 용사인 우리의 도움이 될 수 있으니 감사해야겠지? 다행히 너처럼 F반 여자들은 얼굴만큼은 괜찮으니까. 우리가 듬뿍 예뻐해 줄게."

"싫어!"

사리아는 웃으며 즉답했다. 그 대답에 키사라기 선배가 웃는 얼굴로 굳었다.

"이봐…… 너희 낙오자들에게 거부권이 있다고 생각해? 그리고 다름 아닌 나한테 봉사할 수 있다고. 그걸—."

"무리!"

"……."

사리아는 재차 웃으며 잘라 말했다. 그 반응에 키사라기 선배의 미소가 마침내 무너졌다.

"……이쪽이 저자세로 나가니까 기고만장해져서는……."

어? 그게 저자세로 나온 거였어?

"왜 내 제안을 거절하는지 이해가 안 되네……."

"왜냐하면 나는 세이이치를 좋아하는걸!"

"뭐?"

사리아의 말에 용사들은 얼빠진 표정을 지었다. 그런 가운데 나는 얼굴이 빨개졌다. 부끄러운 걸 어떡해.

내 이름이 나왔으니 용사들에게 내 정체가 들통날 줄 알았는데, 아오야마 일행에게 나 같은 건 이름조차 기억할 가치가 없는 인간이었는지 눈치채지 못했다.

키사라기 선배는 일순 얼굴을 찌푸렸다가 다시 간사하게 웃었다.

"그래, 그렇구나……. 너는 그 남자를 좋아하는구나?"

"응!"

"하지만 아쉽게 됐어. 그딴 녀석은 우리를 상대로 아무것도 못 해. 그렇다면 우리가 더 낫겠지. 우리는 용사일 뿐만 아니라 아이돌이니까."

"아이돌이 뭐야?"

키사라기 선배가 이것저것 말했을 텐데 사리아가 궁금한 점은 그것뿐인 듯했다.

뺏뺏하게 웃는 키사라기 선배 대신 토고 선배가 사리아에게 말했다.

"아이돌이란 건 우리처럼 잘생기고 재능 있는 사람을 말하는 거야. 그중에서도 우리는 톱클래스였어."

브루드 앞에서 용케 잘생겼다는 말을 할 수 있구나. 심지어 톱클래스라고.

지구에 있을 적에는 키사라기 선배도 미남으로 보였지만, 브루드나 S반의 로베르토와 비교하면, 뭐랄까, 메울 수 없는 차이가 느껴진단 말이지. 그래, 기품이 부족하달까? 물론 얼굴도 단연코 브루드가 더 잘생겼지만.

토고 선배의 설명을 들은 사리아는 납득하고서 천진난만하게 웃었다.

"그럼 세이이치가 제일이네!"

"……뭐?"

설마 이런 말을 들을 줄은 몰랐던 용사들은 재차 멍해졌다. 아니, 나도 마찬가지였지만.

그러든 말든 사리아는 웃으며 말을 이었다.

"왜냐하면 세이이치가 더 멋있고 강한걸! 그렇지? 세이이치!"

"아, 여기서 나한테 넘기는 거야?!"

이 타이밍에 나한테 이야기가 넘어올 줄은 몰라서 깜짝 놀라 말했다.

그러자 사리아의 말을 통해 내가 세이이치임을 안 키사라기 선배가 격렬하게 나를 노려보았다.

"……네가 세이이치야?"

"예? 아, 네."

노골적으로 나를 빤히 보더니 키사라기 선배는 코웃음 쳤다.

"하! ……지저분한 장비네……. 게다가 가려야 할 만큼 얼굴이 추한가 봐? 하하하하하!"

키사라기 선배를 따라 다른 용사들도 소리 높여 웃었다.

……S반 담임인 클리프 선생도 내 장비를 보고 비웃었지만, 이 장비를 잘도 비웃을 수 있구나. 파괴적인 성능인데. 그래서 웃는 건가?

내 스킬 『천리안』이 반응하지 않았으니 아무도 내 장비에 『감정』을 쓰지 않은 모양이지만…… 왜 『감정』을 안 쓰는 걸까? 쓸 필요도 없다는 건가?

나도 모르게 그런 생각을 하고 있으니 돌연 사리아가 내 후드로 손을 뻗었다.

"그렇지 않아! 세이이치는 멋있어!"

"어? 사리아?"

『…….』

완전히 마음 놓은 상대인 사리아의 행동이라 전혀 경계하지 않기도 해서 내 후드는 간단히 벗겨졌다.

그 순간, 용사들의 표정이 굳었다.

선배들은 어색하게 웃는 얼굴로 어째선지 대량의 땀을 흘리며 입을 열었다.

"추, 추하지는…… 않으……려나……?"

"흐, 흐응…… 호오……."

"흐, 흐으응…… 새, 생각보다는, 멀쩡하게 생겼네……."

선배들뿐만 아니라 코바야시 일행의 반응도 똑같았다.

알 수 없는 반응을 보이는 용사들에게 아그노스가 득의양양하게 말했다.

"어떠냐! 우리 형님 굉장하지?"

"뭐, 외, 외모는 넘어가더라도…… 시, 실력! 그래, 실력이야! 아이돌이고 용사인 우리에게는 실력이 있어. 그에 비해 너는 어떻지? 응?"

용사의 실력은 이해가 가지만 아이돌의 실력은 뭐지? 가창력? 춤 실력?

어찌 되든 좋은 생각을 하고 있으니 키사라기 선배의 말에 기세를 되찾은 다른 선배들도 입을 열었다.

"그, 그래! 너한테는 실력이 없잖아!"

"어차피 요전번 시합도 부정행위를 저질러서 이겼겠지! 마법이든 검이든 우리보다 대단치 않은 주제에!"

"봉변당하고 싶지 않으면 썩 꺼져!"

잇따라 욕이 나오자 아그노스가 불쾌하다는 듯 얼굴을 찌푸렸다.

하지만 나는 그런 것보다도 다른 것이 신경 쓰였다.

……진짜 왜 저렇게 으스댈 수 있는 거야?

아이돌이란 점은 자랑스럽겠지. 나는 알 수 없는 노력이 있었을지도 모르고.

하지만 용사라는 점은 평범하게 생각해서 『그래서 어쨌다고?』 하게 되는 이야기잖아?

마왕이 정말로 나쁜 존재인지는 제쳐 놓고, 그것을 쓰러뜨릴 수 있는 용사임을 자랑스럽게 여기는 것은 자유여도 그걸로 으스대는 건 이상하지 않아? 아니면 내가 이상한 거야?

무심코 고개를 갸웃하자 재차 사리아가 웃으며 잘라 말했다.

"아니! 세이이치가 더 강해!"

사리아가 그렇게 말해 주는 것은 순수하게 기쁘지만 선배들은 그렇지 않았다.

선배들은 일순 불쾌하다는 듯 얼굴을 찡그렸으나 이내 간악하게 웃었다.

"……그러고 보니 교내 대항전 때 되게 건방지게 굴었지."

"건방져?"

"모르겠어? 강자는 우리만으로 충분해. 그걸…… 너는……!"

어? 굉장히 불합리한 이유로 화내는데?

“……좋아…… 네 실력이 더 위라면…… 그 실력이란 걸 보기로 할까!”

“형님, 위험해요!”

키사라기 선배는 돌연 양손에 불꽃을 출현시키더니 나를 향해 쐈다.

그 행동에 아그노스가 즉각 반응했지만 나는 말없이 불꽃을 바라보았다.

그러자 내 눈앞에서 불꽃이 급정지했다.

“허? 왜, 왜 이러는 거야? 가라! 빨리 그 녀석을 불태워!”

급정지한 불꽃을 향해 키사라기 선배가 필사적으로 명령했지만 불꽃은 그 자리에서 꼼짝도 하지 않았다.

이에 열불이 난 키사라기 선배는 다른 선배들에게 말했다.

“야! 너희도 마법을 써!”

“어? 그, 그래. 『윈드 커터』!”

“『파이어 랜스』!”

나를 노리고 잇따라 마법이 날아왔다.

그러나 전부 내 눈앞에서 급정지하고 그 자리에서 움직이지 않게 되었다.

“대, 대체 어떻게 된 거야?!”

마법이 움직이지 않는 것에 키사라기 선배가 안달하는 가운데, 선배들의 마법이 내게 말을 걸어왔다.

『마스터! 이 녀석들 어떻게 할까요? 해치울까요?』

『저희는 언제든지 가능해요!』

『명령을, 마스터!』

자신을 만들어 낸 선배들을 간단히 배반한 마법들이 내게 그렇게 말했다.

그런 마법들에게 나는 쓴웃음을 지으며 다정하게 고했다.

"아니, 공격은 안 해도 돼. 너희라면 잘하겠지만, 만에 하나라도 우리 반에 피해가 생기는 건 원치 않으니까. 그 대신 소멸해 줬으면 좋겠는데. 그래 줄래?"

『마스터가 그렇게 말씀하신다면 저희는 불만 없지만…… 정말로 괜찮으시겠어요?』

"응, 고마워. 또 무슨 일 있으면 부탁할게."

내가 그렇게 말하자 마법들은 『와~! 마스터에게 칭찬받았어!』 하고 기뻐하며 사라졌다.

그런 우리의 대화를 모르는 선배들은 자신의 마법이 소멸한 것에 놀랐다.

"왜, 왜 우리의 마법이 사라진 거야!"

"저기…… 이제 됐나요? 저희는 슬슬 공부 모임을 시작하고 싶은데요……."

내 말에 키사라기 선배는 일순 얼떨떨한 표정을 지었지만 곧장 격렬하게 노려보았다.

"우쭐대기는…… 다들 마법을 더 쏴 재껴!"

『오오!』

키사라기 선배의 신호에 다른 용사들도 재차 나를 노리고 대량의 마법을 쐈다.

하지만 아무래도 내 말이 모든 마법에게 전해졌는지 내게 닿기 직전에 전부 소멸했다.

공방이 길어질 것 같다고 생각한 나는 헬렌을 불렀다.

"헬렌."

"왜, 왜 불러?"

"이쪽은 어떻게든 할 테니까 다 같이 공부해도 돼."

"이 상황에서?! 당신 진짜 터무니없어!"

그런가? 시간이 아깝고…… 뭐, 자잘한 건 신경 쓰지 말자.

헬렌도 말은 그렇게 했지만 다른 F반 학생들을 데리고서 공부 모임을 재개했다. 옳지, 잘한다.

그러자 사리아가 내게 말했다.

"세이이치, 괜찮겠어?"

"괜찮아. 사리아도 다른 애들이랑 같이 공부하고 와."

"응! 고마워! 세이이치도 힘내!"

마지막으로 사리아의 머리를 쓰다듬자 사리아도 그대로 다른 애들과 섞여 공부를 시작했다.

그런 모습을 지켜본 키사라기 선배는 얼굴이 시뻘게져서 외쳤다.

"우…… 웃기지 마아아아! 우리를 무시하다니……! 젠장! 젠장, 젠장, 젠장, 젠장, 젠자아아앙! 왜 안 맞는 거야아아아아아아아아아!"

마법에게 부탁했으니까요.

아무리 소리쳐도 용사들의 마법은 주위에 피해를 주기 전에 소멸했다.

쏘는 족족 마법이 사라지는데도 키사라기 선배는 눈을 번뜩이며 새로운 마법을 사용했다.

"좋아…… 우리 용사들의 증거 중 하나이기도 한『성속성 마법』을 보여 주마……!"

"아, 그러지 않는 게 좋을 텐데……."

"하하하하하! 이제 와서 잘못을 빌어 봤자 늦었어! 죽어라!『홀리 랜스』!"

『광속성 마법』과는 다르게 어딘가 성스러운 기운을 휘감은 빛의 창이 나타나 나를 향해 날아왔다.

하지만 결국 다른 마법과 전혀 다를 바가 없었기에『성속성 마법』도 깨끗하게 사라졌다.

"어째서, 어째서, 어째서?! 우, 우리 용사들의 증거인『성속성 마법』이……?"

『성속성 마법』에 어지간히 자신이 있었던 것 같지만, 마법 자체에게 부탁했으므로 속성 따위 관계없었다.

게다가―.

『【성속성 마법: 중】을 습득했습니다. 아울러 세이이치 님의 잠재 능력을 감안하여【성속성 마법: 극】으로 변경했습니다.』

그래서 그만두라고 했던 건데!

봐, 내 몸이 힘내 버렸잖아! 이것 좀 보라고! 원래는『성속성 마법: 중』이었는데 굳이『성속성 마법: 극』으로 변경해 줬어!

용사보다 성속성 마법을 더 잘 쓰다니 이게 뭐야!

내가 머릿속 안내 방송에 태클을 걸고 있으니, 이제야 마법 자체가 듣지 않음을 안 용사들은 다들 아무것도 없는 공간에서 검 한 자루를 꺼냈다.

게임 등에 나올 법한 그야말로『성검』처럼 생긴 검이었는데, 용사들 전원이 그것을 쥐었다.

"마법이 듣지 않는다면 검이다. 이게 바로 우리 용사들이 다룰 수 있는 유일무이한 무기……『성검』이다!"

나는 멋대로 그『성검』에 스킬『상급 감정』을 발동했다.

『성검』……용사만이 다룰 수 있는 성스러운 검. 마족에게 큰 대미지……를 줄 수 있을 것 같다.

정말로 평범한『성검』이었다.

심지어 특별히 아무런 효과도 없었다.

어? 이걸 쓸 수 있는 게 용사라는 증거야? 거짓말!

감정 결과도『마족에게 큰 대미지를 줄 수 있다』가 아니라

『줄 수 있을 것 같다』라고! 효과 없잖아!

설마설마했던 효과에 내가 놀라고 있으니, 『성검』이 너무 대단해서 놀랐다고 착각한 키사라기 선배가 자랑스러워하며 가르쳐 줬다.

"후후후…… 이 검은 원래 마족놈들에게 써야 할 무기지만. 뭐니 뭐니 해도 마족에게 큰 대미지를 줄 수 있는 무기니까. 이거라면 마왕도 순삭이야."

아니, 무리일 거예요.

"그런 무기를 너 따위에게 쓰는 건 대단히 내키지 않으나…… 우리를 실컷 바보 취급했으니 말이지. 그 죄는 죽음으로 갚아야겠어."

"어, 음……."

그렇게 간단히 사람을 죽이려고 하다니…… 이 사람들 괜찮나?

나도 마물을 해치웠으니까 남 말 할 처지는 아닐지도 모르지만.

"그럼…… 냉큼 죽어라!"

맨 처음 달려든 사람은 오오야마 선배였다.

생긴 것대로 거칠게, 아무런 기술도 없이 무식하게 검을 휘두르며 내게 돌격해 왔다.

이에 나는—.

"음."

무난하게 피했다.

"크! ……내 공격을 피할 줄이야……. 제법이잖아."

빗맞힌 오오야마 선배는 여유로운 표정으로 그렇게 말했다.

아…… 응. 이 실력이라면 마왕 토벌은 절대로 무리겠다는 것 하나는 알 수 있었다.

그러나 선배들은 내 생각을 모르기에 제멋대로 말했다.

"어이어이, 츠요시~ 갖고 노는 건 불쌍하잖아~ 진짜 실력을 보여 줘."

"맞아, 맞아. 가볍게 해치워 버려."

"그래, 그래야지!"

오오야마 선배는 내 쪽을 보며 히죽 웃었다.

"그런고로 간 보는 건 끝이다. 아쉽게 됐네."

"하아."

"너 이 자식…… 그 태도가 마음에 안 든다고……!"

오오야마 선배는 이마에 핏대를 세우며 재차 나를 노리고 달려들었다.

선배들 말로는 진짜 실력을 발휘한 것 같지만…….

아까랑 뭐가 다른지 전혀 알 수 없었다.

결국 나는 오오야마 선배의 공격을 평범하게 피했다. 아, 바닥이 상할 것 같으니 마법으로 보호해 두자.

"아니?! 내가 진심으로 가한 일격이?!"

"마, 말도 안 돼."

"츠, 츠요시! 진짜 실력을 보여 주라니까!"

"큭! 으랴아아아아아아아아아아!"

내가 공격을 피할 줄은 상상도 못 했는지 굉장히 동요한 후, 선배는 성검을 되는대로 막 휘둘렀다.

하지만 나는 그저 평범하게 피했다.

아아…… 벽에도 흠집이 생길 것 같아……. 바람 마법으로 칼끝의 방향을 살짝 틀어야겠다.

선배들이 알 수 없을 정도로 마법을 써서 교실에 흠집이 생기지 않도록 하며 나는 선배의 공격을 계속 피했다.

"제기랄! 왜 안 맞는 거야?!"

"읏! 렌토, 우리도 가자."

"그, 그래. 너희도 도와!"

『네, 넵!』

키사라기 선배를 포함한 용사 전원이 마침내 인내심이 다해 날 노리고 성검을 휘둘렀다.

하지만 나는 변함없이 평범하게 피했고, 교실에 흠집을 낼 것 같은 공격은 마법으로 막았다.

"뭐 하는 거야, 응? 도망만 치고 있잖아!"

토고 선배가 도발적으로 그렇게 말했지만 나는 무시하고 계속 피했다.

……딱히 화가 나지 않은 것은 아니었다. 사리아에게 손대려고 했으니 말이지.

하지만 나는 섣불리 공격할 수 없었다.

공격하려고 하면 세계가 비명을 지른다고. 나보고 어쩌라는 거야!

게다가 지금 이 순간에도 스테이터스가 계속 오르고 있어! 감정이 폭발했을 뿐인데!

예전부터 질겁할 정도로 스테이터스가 상승했지만, 솔직하게 감정을 표현할 수 없다니 너무 괴로워!

누구에게랄 것도 없이 마음속으로 투덜거리며 나는 용사들의 공격을 계속 피했다.

의미가 없음을 아까 알았을 텐데 마법도 섞으며 다종다양한 공격이 날아왔다.

개중에는 F반 학생들을 해칠 만한 공격도 있었지만 그런 공격은 내가 신중하게 방향을 바꿔서 결과적으로 나 혼자 계속 상대했다.

그런 짓을 20분쯤 계속하니 어느새 선배들은 숨넘어갈 듯한 상태가 되어 있었다.

"하아…… 하아…… 어, 어떻게…… 된…… 거야……."

"하아, 하아, 하아, 하아…… 괴…… 괴물……."

"하아…… 하아…… 모, 못 움직이겠어……."

"저기…… 괜찮으세요?"

아니, 진짜로.

몸 상태가 걱정되기도 하지만, 그런 체력으로 정말 마왕에게 도전하려는 거야? 하는 의미도 담긴 말이었다.

응, 부활할 마왕이 루시우스 씨 수준이라면 용사들이 순삭당할 미래밖에 안 보여.

내 말에 키사라기 선배는 증오 어린 시선을 보내더니 여전히 숨차 헐떡이면서 말을 내뱉었다.

"하아…… 하아…… 너…… 너희들…… 두고 봐……! 오, 오늘은 여기까지 하지만…… 이, 이 빚은…… 반드시 갚아주겠어……!"

아니, 멋대로 날뛰고 멋대로 지쳤을 뿐이잖아. 너무하네.

그렇게 생각하고 있으니 용사들은 마지막까지 나를 노려보며 비틀비틀 돌아갔다.

…….

"진짜 뭐 하러 왔던 거야?"

"당신이 너무 터무니없는 거야!"

내 말에 헬렌이 즉각 태클을 걸었다.

아무튼 문제의 선배들은 떠났으니 교실에 평온이 찾아왔다고 생각한 그때였다.

"세이이치 군, 무사해?!"

"세이짱, 괜찮슴까?!"

""응?""

F반에 이번에는 칸나즈키 선배와…… 『아이링』, 곧 세토 아이리가 뛰어 들어왔다.

사리아의 마음과 용사의 말로

"나는 키사라기 일행이 F반 교실로 갔다고 듣고 달려왔는데……."

"저는 친구들에게 등을 떠밀려 세이짱을 만나러 왔습니다만……."

"왜 네가 있는 거야?"

"왜 학생회장이 있는 검까?"

"아니, 내가 묻고 싶어!"

F반에 돌연 찾아온 칸나즈키 선배와 아이링은 서로를 가리키며 그렇게 말했다.

조금 전에 용사들이 떠난 참인데 또 새로운 인물이 등장하자 F반 학생들은 눈을 동그랗게 떴지만, 돌아가는 모습을 묵묵히 지켜보았다.

아무튼 상황을 정리하자.

일단 칸나즈키 선배가 왜 왔는지는 알겠다. 고맙게도 나를 걱정하고 있는 것 같으니까, 키사라기 선배 일행이 F반에 왔다고 듣고 일부러 도와주러 왔을 것이다.

하지만 아이링은 모르겠다.

애초에 아이링과는 고등학교에 들어온 뒤로 한 번도 만나지 않았다.

물론 아이링은 중학생 때부터 나를 신경 써 줬지만 그런 그녀를 내가 피했다.

모처럼 친구가 생겨 외톨이 생활에서 탈출했는데 나 같은 녀석이랑 같이 있으면 다시 외톨이가 될 뿐만 아니라 괴롭힘을 당할지도 모르니까.

"어이어이, 무슨 일이야?"

"왜 학생회장이 여기 있어?"

"……글쎄? 근데 뭔가 수라장 같아……."

아이링 뒤에서 목소리가 들려 그쪽을 보니 화려한 여자 그룹이 뭐라고 속닥거리고 있었다. 아마 아이링의 친구겠지.

"어떻게 된 거야?! 세이이치 군! 어째서 세토 양이 여기에—."

"세이짱, 어떻게 된 검까! 왜 학생회장이—."

어째선지 서로 눈싸움을 벌이던 칸나즈키 선배와 아이링이 갑자기 내게 시선을 보냈다가 용사들처럼 조금 얼빠진 표정으로 굳었다.

"어? 저, 저기…… 왜 그러세요?"

『…….』

왠지 그래야 할 것 같아서 존댓말로 물었지만 두 사람은 반응이 없었다.

그러자 갑자기 굳어 버린 아이링을 의아하게 여긴 뒤쪽 친구들이 말을 걸었다.

"어이, 왜 그래? 아—."

"무슨 일인데? ……허?"

"……재가 정말로 『세이짱』?"

그 친구들도 내게 시선을 보내더니 비슷한 표정으로 굳었다. 대체 왜 그러는 건데! 설명 좀!

내가 그렇게 생각하고 있으니 마침내 경직에서 풀려난 아이링이 안색을 바꾸고서 바싹 다가왔다.

"세이짱, 너무 멋있어진 거 아님까?! 무슨 다이어트를 한 검까?!"

"어? ……지, 진화의 열매 다이어트……?"

"그게 뭐죠?! 그보다도 저보다 더 달라졌슴까!"

듣고 보니 아이링도 중학생 때는 수수한 여자아이였다.

그랬던 아이가 지금은 잘 나가는 여자로 대변신. 하지만 내 모습은 그와 비교해도 놀라운 변화인 것 같았다. 뭐, 확실히 살이 빠졌을 뿐만 아니라 키도 컸지만.

"그렇게 많이 변했어? 얼굴도 그냥 살이 빠졌을 뿐이잖아."

"그 얼굴로 그런 말이 나옴까?! 거울 제대로 보고 있슴까?!"

"그야 보고 있어."

어? 내가 이상한 거야?

【끝없는 비애의 숲】에서 나온 뒤로 내 얼굴을 확인할 기회는 몇 번 있었다. 물에 비친 내 모습 등을 얼마든지 봤다.

하지만 내가 생각하기에는 그렇게 크게 바뀐 것 같지 않았다. 여드름 같은 게 사라지긴 했지만.

그런 생각을 하고 있으니 아이링이 어이없어하며 말했다.

"세이짱…… 자기 평가가 얼마나 낮은 검까……. 그보다 살 빠졌다고 멋있어질 리가 없잖슴까……."

"가볍게 디스당했어?"

나와 아이링이 그런 대화를 나누고 있으니 아이링의 친구 중 한 명이 입을 열었다.

"……추측인데, 예전 모습이 너무 심각해서 자기 얼굴은 제대로 판단 못 하는 거 아닐까? 어떤 의미에서 굉장히 슬픈 일이지만."

"그런 일은 보통 없지 않슴까? ……아니지, 세이짱이라면 가능하겠네요."

잘 모르겠지만 납득한 모양이다.

상황이 상황이었기에 신경 쓰지 않았지만, 곰곰이 생각해보면 아이링과 이렇게 이야기하는 것도 중학생 때 이후로 처음이었다.

그 사실에 나는 감상적인 기분이 되었다.

"……새삼스럽지만 이렇게 얘기하는 거 오랜만이다……."

"……그러게 말임다……. 멋대로 저를 피하고……."

"그건…… 미안."

피했다는 사실은 변함없어서 나는 사과할 수밖에 없었다.

그런 한심한 나를 아이링은 진지한 표정으로 바라보았다.
그러다가 갑자기 표정을 누그러뜨리고 다정하게 웃었다.
"……뭐, 이제 됐습다. 이렇게 세이짱과 만났으니까요."
"……고마워."
오래간만의 재회라 멋쩍음을 느끼고 있는데 갑자기 아이링의 분위기가 변했다.
"……그런데 세이짱. 이건 어떻게 된 겁까?"
"엥?"
"시치미 떼도 소용없습다. 여기 있는 학생회장과 특별한 관계인 거죠? 어떻게 된 겁까?!"
"특별한 관계라고 해도…… 그냥 소꿉친구야."
"아뇨! 어떻게 생각해도 아닙다! 제 감이 그렇게 말하고 있습다! 자, 어서 자백하십쇼!"
"자백할 것도 없이 사실을 말한 건데……."
알 수 없는 방향으로 폭주한 아이링은 그대로 칸나즈키 선배에게도 돌격했다.
"회장도 그렇습다! 저번에 물어봤을 때는 세이짱을 모른다고 했으면서! 거짓말쟁이!"
"……."
"잠깐, 듣고 있습까?"
아이링이 칸나즈키 선배에게 말해도 반응은 없었다.
그러고 보니 칸나즈키 선배, 아까부터 조용한데…… 왜 그러는 거지?

칸나즈키 선배의 모습에 고개를 갸웃하자 별안간 선배가 늠름한 표정으로 입을 열었다.

"결혼하자."

"무슨 소리예요?!"

칸나즈키 선배의 머릿속은 어떻게 돼 먹은 거야?! 그보다 어디서 결혼 얘기로 연결된 건데?! 혼자만 다른 세상에 살고 있지 않나요?!

나도 아이링도 놀라는 가운데, 칸나즈키 선배는 전혀 신경 쓰지 않는 모습으로 말을 이었다.

"참으려고 했지만 이렇게 네 모습을 보고 생각이 바뀌었어. 어디서 식을 올리면 좋을까?"

"표현 방식이 바뀌었을 뿐, 내용은 똑같잖아!"

나도 모르게 딴지를 놓자 아이링도 허둥지둥 입을 열었다.

"무, 무무, 무슨 말을 하는 검까, 회장! 미친 거 아님까?!"

"마, 맞아, 맞아! 더 말해 줘!"

"세이짱과 결혼하는 건 저임다!"

"너도 뭔 소리야?!"

제정신이 아닌 건 칸나즈키 선배뿐만이 아니었다.

"어, 어쩔 수 없지 않슴까! 원래부터 좋아했는데, 오랜만에 만났더니 멋있어졌는걸요!"

"어? 좋아했다니…… 뭐어어어어어어어어?!"

"나야말로 한참 전부터 세이이치 군을 좋아했어. 더는 참을 수 없어."

"네에에에에에에에에에에에에에에?"

아이링이 나를 좋아해?! 칸나즈키 선배도 나를 좋아해?! 큰일이야, 엄청난 정보가 한꺼번에 넘쳐서 정신이 이상해질 것 같아……!

"세이짱, 각오를 다지는 겁다! 저랑 결혼할 거죠?!"

"아니, 나야. 날 택할 거지?! 안 그러면 널 죽이고 나도 죽겠어!"

"너무 위험한 이 선택지는 뭐야……!"

이상해, 여러 가지로 이상해……! 대체 내게 무슨 일이 일어나고 있는 거야?

어느새 벽 쪽으로 몰린 나는 정말로 난처했다.

그때 갑자기 내 왼팔에 누군가의 팔이 얽혔다.

"아…… 안 돼! 세이이치의 아내는 나야!"

사리아였다. 갑자기 나타난 사리아를 보고 칸나즈키 선배와 아이링도 놀란 표정을 지었다.

두 사람뿐만이 아니었다. 나도 깜짝 놀랐다.

알과 연인이 되어도 화내거나 질투를 표현하지 않았던 사리아가 지금 처음으로 감정을 부딪쳐 왔다.

내 팔을 꼭 껴안고 불안해하며, 한 가지 뜻이 느껴지는 눈으로 칸나즈키 선배와 아이링을 바라보고 있었다.

다른 두 사람과 내가 놀라고 있으니 문득 정신을 차린 사리아가 당황한 모습으로 중얼거렸다.

"어, 어라? 나, 왜……."

"사리아?"

말을 걸자 사리아는 당황하며 내 얼굴을 올려다보았다.

"세이이치…… 나, 이상해. 세이이치와 결혼하겠다는 이 사람들의 말을 들으니까…… 왠지 아주 싫은 기분이 들어서……."

"……."

"지금까지 이런 적 없었는데…… 어쩌면 좋지……?"

불안해하며 사리아가 그렇게 물었다.

그 모습을 보고 나는―.

"……사리아. 미안해."

"어?"

내가 사과하자 사리아는 멍한 표정을 지었다.

그런 사리아의 표정을 보고 무심코 쓴웃음을 지은 후, 나는 칸나즈키 선배와 아이링에게 얼굴을 돌렸다.

"칸나즈키 선배, 아이링. 마음은 기쁘지만 제게는 사리아가 있어서요. 죄송해요."

나는 두 사람에게 고개를 숙였다.

……알과는 연인이지만 그쪽은 사리아도 인정해 준 관계였다.

하지만 다시 한번 확실히 이야기를 나눠야 할지도 모르겠어…….

고개를 숙이고 있으니 맨 처음 들린 것은 칸나즈키 선배의 목소리였다.

"세이이치 군…… 네 마음은 알았어. 하지만 나는 그렇다고 해서 「네, 그렇습니까」 하고 포기할 수 없어."

"저도 마찬가지임다. 겨우 만나서 이렇게 마음을 전할 수 있었는데 여기서 끝이라니…… 절대로 싫습다."

"……."

그저 고개를 숙일 수밖에 없는 내게 칸나즈키 선배는 확실하게 공언했다.

"그러니까 나는 둘째 부인 자리를 받겠어!"

"……예?"

"아, 치사함다! 제가 둘째 부인임다!"

칸나즈키 선배의 갑작스러운 발언에 나도 모르게 얼빠진 목소리를 내자 아이링도 동조하듯 손을 들었다.

"응? 그렇게 놀랄 일인가? 이 세계에서는 중혼이 인정되잖아. 네가 사리아 양을 첫째 부인으로 택하겠다면……."

"아, 아니아니! 잠깐만! 이거 그런 문제가 아니잖아?! 그치?! 사리아!"

"내가 첫째 부인인 거야? 그럼 괜찮아!"

"세상에 맙소사, 인정해 버렸어!"

뭐야, 이거?! 그렇게 간단히 해결될 문제가 아니잖아?!

그렇게 생각하고 있으니 사리아가 상냥한 표정으로 내게 말했다.

"물론 나는 세이이치를 정말 좋아하고 결혼하고 싶지만, 전에도 말했듯 세이이치를 나 혼자 독점하면 안 된다고 생각해."

"그렇지는—."

"그리고 이 두 사람은 나보다 예전부터 세이이치를 알고 있었고 세이이치를 마음에 품고 있었어. 그랬는데 갑자기 나타난 나 때문에 포기할 수 있을 리는 없을 거야."

"……그럴지도, 모르지만……."

무심코 말을 머뭇거리는 내게 사리아는 웃으며 단언했다.

"괜찮아! 내가 세이이치의 제일로 있을 수 있게 노력할 거니까! 응?"

"……."

정말로 나는 사리아를 당해 낼 수 없다.

그렇게 진심으로 생각하고 있으니, 여전히 누가 둘째 부인인지를 두고 말다툼을 벌이고 있는 칸나즈키 선배와 아이링에게 사리아가 시선을 보냈다.

"알이 있으니까 둘째 부인은 무리이지 않을까."

"하하하……."

나는 메마른 웃음을 지을 수밖에 없었다.

그러자 돌아가는 상황을 지켜보던 F반 학생들 중에서 플로라가 어색하게 웃으며 작은 목소리로 중얼거렸다.

"정말로 새삼스럽고, 똑같은 질문을 몇 번이나 했던 것 같지만…… 세이이치 선생님은 대체 뭐 하는 사람이야?"

내가 알고 싶어!

◆ ◇ ◆

"제기랄! 반드시 후회하게 해 주겠어……!"

"우리를 그렇게나 바보 취급하다니……."

"아…… 기분 더러워."

F반에 못된 짓을 하러 갔다가 세이이치에게 가볍게 막힌 키사라기 일행은 학원의 복도에서 욕을 하며 걷고 있었다.

언짢음을 숨기려 들지도 않는 용사들을 보고서, 여전히 학원에 남은 학생들이 서둘러 자리를 피했다.

그렇게 선두로 걷던 키사라기가 어떤 생각을 떠올리고 토고와 오오야마를 포함한 용사들에게 말했다.

"그래…… 지금부터 우리끼리 레벨을 올리러 가자."

"응? 갑자기 무슨 소리야……?"

느닷없는 발언에 오오야마가 이상하다는 얼굴로 묻자 키사라기는 사악하게 웃으며 대답했다.

"그 세이이치라는 녀석을 날려 버리기 위해 레벨을 올리자고. 우리는 용사야. 다른 녀석들보다 스테이터스의 성장률이 높아. 그럼 레벨을 올려서 그 녀석을 넘어서면 되는 거지."

"하지만…… 그 녀석의 레벨이 몇인데?"

"글쎄? 그런 건 어찌 되든 좋아. 우리가 레벨을 올리면 그 녀석을 해치울 수 있어. 그거면 충분하잖아."

사악한 웃음을 지은 채 키사라기는 앞으로 할 행동을 머릿속으로 구상했다.

"아무튼 레벨을 올리려면 마력을 회복해야겠지."

그렇게 말하고 키사라기 일행은 어떤 교실로 향했다.

앞으로 키사라기 일행에게 무슨 일이 벌어질지 이때는 아직 몰랐다…….

교실에 가기 위해 계단을 오르려고 했을 때 그 일은 일어났다.

"어?"

선두로 걷던 키사라기가 갑자기 계단을 헛디딘 것이다.

선두가 계단에서 넘어지니 당연히 뒤에 있던 용사들도 휘말려 성대하게 계단을 굴러떨어졌다.

"으아아아악!"

"아, 아파아아아아아아!"

"마, 마사야! 왜 발을 헛디디고 난리야!"

"나, 나도 일부러 그런 게 아니야! ……응?"

전원이 바닥에 몸을 세게 부딪혀서 고통스러워할 때, 키사라기는 자신이 미끄러진 계단에 뭔가가 떨어져 있음을 알아차렸다.

어떻게든 전원이 몸을 질질 끌며 신중하게 계단을 오르니 그곳에는 물에 젖은 걸레가 떨어져 있었다.

"젠장! 누가 이런 곳에 걸레를 둔 거야……! 절대 용서 못 해!"

키사라기는 걸레를 바닥에 패대기치며 울분을 터뜨렸다.

그런 그를 토고가 달래면서 목적지에 도착했고, 키사라기는 짜증스럽게 교실 문을 열었다.

"어이, 마력 회복약을 가져와!"

"예?"

"우리가 누군지 알아?! 용사라고! 얼른 가져와!"

"앗, 네!"

키사라기 일행이 찾아온 곳은 약학실이라고 불리는 교실이었다. 약학 수업 등에 쓰이는 곳으로 다양한 약과 그 원료가 놓여 있었다.

약학실에서는 학구열 높은 학생이 열심히 실험 중이었지만, 키사라기는 전혀 신경 쓰지 않고 원하는 바를 주문하고서 근처 의자에 앉았다.

용사의 악평은 전교생에게 알려져 있었기에 약학실에 있던 학생도 얌전히 그 요구에 따랐다.

약학실에서 공부하고 있었다고는 하지만 교실 내의 모든 약품을 파악하고 있는 것은 아니었다.

하지만 그 말을 해 봤자 아무 소용도 없음을 알았기에 필사적으로 찾았다.

"부, 분명…… 이거, 였나……?"

"언제까지 기다리게 할 거야?! 빨리 내놔!"

짜증이 가라앉지 않은 키사라기는 학생이 들고 있던 약품을 빼앗아 단숨에 들이켰고 나머지를 일행에게 나눠 줬다.

다른 용사들도 마찬가지로 약품을 쭉 마셨다.

"후우…… 이제 회복됐겠지."

"다, 다 마셔 버리면 안 되는데……!"

"뭐? 우리가 하는 일에 참견하는 거야?"

"윽……."

용사들이 일제히 시선을 보내자 학생은 입을 다물고 말았다.

그 모습을 보고 키사라기는 코웃음 쳤다.

"흥…… 약자에게 인권 따위 없어. 닥치고 우리가 하는 말을 들으면 된다고. ……자, 볼일 끝났으니 가자."

실컷 휘젓고서 키사라기는 모두를 이끌고 떠났다.

하지만 그들은 몰랐다.

키사라기 일행이 마신 약은 마력 회복약이 아니었다.

만약 그들 중 누군가가 한 명이라도 약에 『감정』 스킬을 사용했다면 미래는 바뀌었을 것이다.

왜냐하면 『감정』을 썼을 시 이렇게 표시됐을 테니까.

『정력 사멸약』……번식력이 높은 오크나 고블린에게 쓰기 위해 만들어진 약. 효과는 지대하여 한입 마시면 아무리 흥분되는 상황이어도 생식기가 배설 기관으로만 기능하여 성행위가 일절 불가능해진다.

그들은 모르는 사이에 남자로서의 기능을 잃었다.

그런 줄도 모르고 마력을 회복했다고 생각한 키사라기 일행은 학원 근처에 있는 숲에 들어갔다.

"이곳이 학생들에게 최적의 레벨업 장소인 것 같아. 아무튼 여기서 어느 정도 힘을 키우자."

『오오!』

레벨업을 위해 곧장 마물을 찾았으나 좀처럼 발견되지 않았다.

키사라기 일행은 몰랐지만, 바나바스가 데미오로스와 앙글레아를 심문하여 확인했는데 그들은 이 숲을 찾아와 많은 마물을 사냥했었다.

그래서 현재는 숲속 생태계가 크게 바뀌어 불안정한 상태라 대항전 때 사건 이후로 학생의 출입이 금지되어 있었다.

하지만 키사라기 일행은 그것을 무시하고 숲에 온 것이었다.

성과 없이 시간만 흐르자 키사라기 일행은 점차 심사가 불편해졌다.

"왜 적이 안 나오는 거야!"

마침내 인내의 한계에 달한 키사라기가 소리쳤다.

"슬라임은? 고블린은?! 왜 한 마리도 안 나와?! 잡몹 주제에……!"

"확실히…… 한 마리도 없는 건 이상해."

"진짜 쓸모없는 학교야."

그런 이야기를 하며 탐색하는데 갑자기 나무들이 부러지는 소리가 들렸다.

"응? 뭐지?"

소리가 난 쪽으로 키사라기 일행이 시선을 돌리자『그 녀석』이 모습을 나타냈다.

"크르르르르르……!"

"읏! 이, 이 녀석은……."

나무들을 꺾으며 키사라기 일행 앞에 나타난 것은 본래 학원 주변 숲에서는 보이지 않는 곰 마물이었다.

"마침내 나타났구나……. 게다가 레벨 올리기 딱 좋아 보이는 녀석이야."

곰 마물이라 일순 겁먹은 모습을 보였지만 곧장 마음을 다잡은 키사라기 일행은 마침내 나타난 마물을 보며 사납게 웃었다.

키사라기는 곰 마물을 향해 손을 들었다.

"그럼 후딱 죽이고 다음으로 넘어갈까?『파이어 랜스』!"

키사라기가 그렇게 마법명을 말했지만 마법은 나타나지

않았다.

"어, 어라?"

"뭐 하는 거야……. 내가 대신 해치워 주지. 『윈드 샷』!"

키사라기의 마법이 불발로 끝났기에 토고가 대신 마법을 쓰려고 했지만 결과는 똑같았다.

"엇? 어, 어째서……."

"크오오오오오오오오오!"

『윽!』

마법을 쓸 수 없어 동요하고 있으니 지금까지 경계하던 마물이 포효했다.

키사라기 일행은 몰랐지만 마물의 포효에는 상대를 공황 상태에 빠뜨리는 효과가 있었고, 정통으로 포효를 들은 키사라기 일행은 패닉에 빠졌다.

"으아아아아아아아악!"

"쫘, 졸지 마!"

"너, 너희도 마법을 쏴! 빨리!"

"아, 알겠습니다! 『파이어 랜스』!"

"『윈드 커터』!"

"『워터 샷』!"

코바야시를 비롯한 다른 용사들도 선배인 키사라기의 명령을 받아 각기 마법명을 외쳤지만 마법은 발동되지 않았다.

"왜…… 왜 안 되는 거야?!"

키사라기 일행의 마법이 발동되지 않은 이유는 매우 단순했다.

마력 회복약을 마시지 않았기 때문이다.

키사라기 일행이 마력 회복약인 줄 알고 마신 것은『정력 사멸약』이었고 마력이 회복되는 요소는 전혀 없었다.

그래도 마력이 완전히 없는 것은 아니었다.

하지만 기본적인 마력 조작 훈련도 제대로 하지 않은 키사라기 일행은 적은 마력으로 마법을 쓰는 섬세한 기술을 갖추고 있지 않았다.

마법이 발동되지 않아 당황하는 키사라기 일행을 보고서 자신보다 급이 떨어진다고 판단한 곰 마물은 여유로운 발걸음으로 다가갔다.

점차 다가오는 마물을 보고 다리가 풀릴 것 같았지만 키사라기는 어떤 생각을 떠올리고 외쳤다.

"그, 그래! 다들『성검』을 쓰는 거야!"

"그렇구나! 마물도 마족의 일부나 마찬가지니까!"

"이거나 먹어라!"

각자 일제히 성검을 꺼내 기술이고 뭐고 전혀 없이 그저 검을 휘두르며 마물에게 돌격했다.

그 순간, 키사라기 일행은 한꺼번에 날아갔다.

"커헉!"

곰 마물이 팔을 횡으로 휘두른 것이다.

하지만 키사라기 일행은 그 공격을 보지도 못하고 날아갔다.

냉정하고 신중히 행동했다면 키사라기 일행이 마물의 공격을 맞는 일은 없었으리라.

그러나 포효의 효과가 미치고 있었고, 마법을 쓸 수 없다는 사실 때문에 키사라기 일행은 조금도 여유가 없었다.

전원이 주위 나무에 내동댕이쳐졌고, 맨 처음 공격을 맞은 자에 이르러서는 흉악한 발톱의 먹이가 되어 팔이 찢겨 있었다.

"아파, 아파, 아파, 아파아아아아아아아아아아!"

"아으…… 윽……."

"하아…… 으…… 윽, 으아아아……."

"흑…… 훌쩍…… 으아아아아아앙!"

다행히 사망자는 없었지만 단 한 번의 일격에 빈사 상태로 내몰렸다.

그런 키사라기 일행을 한층 더한 절망으로 몰아넣는 광경이 눈에 날아들었다.

"엇."

키사라기 일행의 『성검』이 부러져 있었다.

"그, 그럴 수가……."

"거, 거짓말. 거짓말이지……?"

그리고 부러진 『성검』은 빛의 입자가 되어 공중으로 사라졌다.

『성검』이 부러졌다는 사실에 얼이 빠져서 알아차리지 못했지만, 어느새 키사라기 일행의 스테이터스도 크게 바뀐 상태였다.

『용사』라는 호칭을 잃어버렸기 때문이다.

본래 『성검』은 간단히 부러지지 않는다.

설령 부러지더라도 용사의 자격을 잃는 일 없이 다시 출현시키면 원래대로 돌아올 터였다.

그러나…… 키사라기 일행은 용사의 자격을 잃었다.

그것은 즉, 다시는 『성검』을 꺼낼 수 없음을 의미했다.

게다가 잃은 것은 『성검』뿐만이 아니었다.

용사가 아니게 되었기에 『성속성 마법』도 잃었고, 성장률도 일반인 수준…… 아니, 원래 평화로운 세계에서 살았기에 성장률 최저치에 레벨도 1, 그리고 이 세계의 어린아이에게도 질 만한 스테이터스로 바뀌었다.

하지만 『성검』이 부러졌다는 사실에 멍해진 그들은 그 사실을 알아차리지 못했다.

키사라기 일행의 상태 따위 아랑곳없이 마물은 재차 흉악한 발톱을 휘둘렀다.

"으, 으아아아아아아악!"

키사라기는 아픈 몸을 필사적으로 움직여서 마물의 공격을 정통으로 맞는 것은 피할 수 있었다.

하지만―.

"어, 얼굴이! 내…… 내 얼굴이이이이이이이이!"

완전히 피하지 못한 키사라기는 얼굴을 크게 찢겼다.

그 상처는 커서, 아이돌로서의 흔적은 찾아볼 수 없었다.

여전히 넋이 나가 있는 다른 용사들에게도 마물은 추격타를 날렸다.

할퀴고, 때리고, 밟고—.

이제는 일반인보다 못한 스테이터스를 가지게 된 키사라기 일행은 만신창이였다.

각자의 얼굴 형태도 변하여 아까까지 F반에서 아이돌이라고 으스댔던 자라고는 도저히 생각할 수 없었다.

하지만 그래도 아직 키사라기 일행은 운이 좋은 것일지도 모른다.

왜냐하면 마물이 그들을 하류라고 인식하여 갖고 놀고 있었기에 일반인 이하인 그들이 이렇게 살아 있을 수 있는 것이었기 때문이다.

그래도 놀이가 한없이 이어지는 것은 아니었다.

가지고 노는 데 질린 마물은 마침내 키사라기 일행을 잡아먹으려고 커다란 입을 벌렸다. 그 순간이었다.

"출입 금지라는 말 못 들었어?"

일섬.

키사라기 일행은 희미한 의식 속에서 목 잘린 곰 마물이 쓰러지는 순간을 보았다.

"지독하게 다쳤군……. 목숨은 부지하겠지만 상처는 몰라. 자업자득이야."

그렇게 말하며 다가온 사람은 숲을 조사하러 온 알트리아였다.

숲의 생태계가 무너졌음을 안 바나바스가 모습을 살펴봐 달라고 학원 교사들에게 부탁했던 것이다.

알트리아는 상처투성이인 키사라기 일행 앞에서 눈썹을 찌푸렸다.

왜냐하면 죽기 직전이었던 키사라기 일행이 실금한 상태였기 때문이다.

그 지린내에 피와 땀 냄새가 섞여서 주위에 지독한 악취가 진동했다.

"수중에 있는 회복약으로 회복시켜 주겠지만 피는 돌아오지 않고 상처를 완전히 회복시켜 주진 못해. 곧 다른 선생들이 올 테니까 그때까지 참아."

알트리아의 말대로 머지않아 다른 교사들이 도와주러 왔으나 키사라기 일행의 상처는 상당히 심해서 통증을 없앨 수는 있어도 상처를 고칠 수는 없었다.

이제 키사라기 일행에게 아이돌로서의 미래는 없었다.

안심하여 정신을 잃은 키사라기 일행이 절망할 날도 그리 머지않았다.

그러나 신들도 버린 이 별에서 왜 그들에게 이리도 많은 재앙이 닥쳤는가.

그것은 단 한 명의『인간』을 위해 세계가 눈치 있게 군 결과였다.

마족과 인간의 공존을 향한 한 걸음

윔블그 왕국의 왕도 테르베르에 있는 【아크셀 성】.

평소에는 온화한 분위기가 감도는, 국민에게 사랑받은 관광 명소 중 하나이기도 한 이곳에서 역사적인 회합이 열리려 하고 있었다.

그래서인지 성 전체에 긴장감이 깔려 있는 것 같았다.

평상시라면 담소를 나누었을 메이드와 집사들도 지금은 회합을 보좌하기 위해 바쁘게 움직였다.

"……."

"……."

그리고 회합을 위해 준비된 방에서는 윔블그 왕국의 국왕인 란제와 마족들을 아우르는 마왕의 딸 루티아가 마주 앉아 있었다. 각자의 뒤에는 주군을 지키기 위해 가신들이 대기 중이었다.

또한 그런 그들과는 별개로 이 회합 자체를…… 이 자리에 있는 전원을 지키기 위해 S급 모험가들이 진지하게—.

"아가씨, 시간 있나요? 만약 괜찮다면 이대로—."

"허락할 수 없거든요? 뭘 아무렇지도 않게 돌아가려고 하는 겁니까! 그보다 메이드를 꼬시지 마세요!"

"흐흐…… 으흐흐흐흐. 저기 있는 집사분…… 수 같이 생겼네요. 망상이 폭발해요……!"

"거기! 집사님을 이용해서 망상하지 마세요!"

"오? 저 녀석, 때릴 맛이 나겠는데……. 잠깐 패고 올게."

"왜 마족분들에게 덤벼들려고 하는 겁니까? 바보예요?"

"쿠울……."

"네무 양은…… 자고 있어?"

"……유스트, 고생하는구나……."

"그렇게 생각하신다면 오벌 씨도 도와주세요!"

진지하게 경호하고 있었다.

변태들의 고삐를 쥔 사람은 S급 모험가 유스트 호러즈였고 그의 마음은 이미 피폐해져 있었다.

"정말이지…… 그러고 보니 아프로스 씨는 성내를 순찰 중이었죠? 혼자서 괜찮을까요?"

"괜찮겠지. 오히려 여기 있는 누군가를 데려가는 편이 문제가 될걸."

"경호하고 있는 거 맞아요?"

"그리고 엘레미나 님도 다른 루트를 순찰 중이실 터. 어떻게든 될 거야."

"……그 사람을 혼자 두다니…… 성안이 엉망진창이 돼도 전 몰라요……."

겉보기에는 그저 웃긴 집단인 것 같지만 그들은 전 세계 모험가의 정점…… S급 모험가였다.

실력은 걱정하지 않아도…… 될 것이다. 아마도. 어쩌면. 역시 글러 먹었을지도 모른다.

성 전체가 긴장된 상태인데도 S급 모험가들만은 평소와 다름없는 점을 보면 배짱이 두둑한 것은 틀림없었다.

"……아~ 뭐랄까…… 주변 사람들은 신경 쓰지 마."

"……응, 괜찮아. 떠들썩해서 좋아."

그런 S급 모험가들의 모습에 란제가 두통이 인다는 듯한 얼굴로 말하자 루티아는 아주 살짝 미소 지었다.

"그럼, 답답한 걸 싫어해서 단도직입적으로 묻지. ……너희는 어쩌고 싶지?"

"……어쩌고 싶냐고?"

란제의 말투는 평소와 똑같았으나 거기 있는 사람은 확실히 왕의 위엄을 휘감은 국왕이었다.

그런 란제의 질문을 받은 루티아도 특별히 의식은 하지 않았지만 몸에서 풍기는 분위기가 고귀했다.

조용히 눈을 감은 루티아는 이윽고 작지만 분명한 어조로 잘라 말했다.

"……우리는 인간과 공존하고 싶어."

"……."

똑바로 란제의 눈동자를 바라보았다.

"……그걸 우리보고 믿으라는 건가?"

"엉? 너 이 자식…… 지금 당장 죽여 줄까?"

"……조르아, 진정해."

란제의 말에 조르아가 벌컥 화를 냈지만 곧장 루티아가 말렸다.

하지만 란제의 말에 노여워한 것은 조르아뿐만이 아니었다.

마족군 전원이 고요히 분노했다.

그리고 분노하지는 않았으나 S급 모험가 중에서 유일한 마족인 오벌도 란제의 말을 이해하지 못했다.

평화를 맺기 위해 이번 회담을 열었다고 생각했었기 때문이다.

주위에 감도는 노기에도 아랑곳없이 란제는 당연하다는 듯 말을 이었다.

"그렇게 화내지 마. 조금만 생각해 보면 알 수 있잖아. 너희의 본심이 어떻든 간에 주위에서는 너희를 악이라고 단정 지었어. 실제로 대부분의 나라가 너희에게 차별적이지. 그런 너희와 교류하는 건…… 조금 위험하다고 생각하지 않아?"

"……."

란제는 꿰뚫을 듯한 시선으로 루티아를 바라보았다.

양 진영 사이에 침묵이 내려앉았다.

하지만 그 침묵은 바로 깨지게 되었다.

"……그건 우리도 같아."

"음?"

루티아는 란제에게 지지 않을 강한 시선으로 마주 보았다.

"……우리도 인간과 엮이는 건 무서워. 솔직히 말하자면 지금도 나는 인간이 미워. 왜냐하면 우리 아빠는…… 봉인당했으니까."

"……."

"……하지만 그래서는 안 돼. 무섭다며 틀어박혀도…… 언젠가 끝이 와. 그리고 그 앞에 미래는 없어."

"……그렇지."

"……하지만 나는 그래선 안 돼. 지금 나는 마족을 이끄는 우두머리야. 내게는 마족의 미래를 후세에게 물려줄 의무가 있어. 설령 위험하더라도…… 내가…… 움직여야 해."

루티아가 그렇게 말을 마치자 재차 두 사람 사이에 침묵이 찾아왔다.

그리고—.

"……훗. 심술궂은 말을 해서 미안하다."

"……어?"

거짓말처럼 란제의 분위기가 평소의 담담하고 자상한 분위기로 돌아왔다.

그 모습을 보고 마족 측이 얼떨떨해하자 란제 뒤에 대기 중이던 【빙려의 마인】 플로리오 바르제가 어이없어하며 쓴소리했다.

"폐하…… 심장에 좋지 않으니 이런 일은 삼가 주십시오……."

"하하하! 너무 그렇게 말하지 마. 실제로 확인은 해 둬야 하잖아?"

"그럴지도 모르지만……."

윔블그 왕국 측만 알고 있는 분위기라 루티아는 무심코 물었다.

"……어떻게 된 거야?"

"음? 아아, 제대로 말을 안 했군. 윔블그 왕국은 마족과 정식으로 국교를 맺겠다는 거야."

"……!"

란제의 말에 루티아는 눈을 크게 떴다.

"……정말로…… 괜찮아……?"

"괜찮고 자시고, 처음부터 그럴 목적으로 왔잖아?"

"……그렇긴, 하지만……."

"자잘한 건 신경 쓰지 마! 우리나라에는 우수한 가신이 있으니까. 웬만한 무력간섭에는 끄떡없어."

『물론이지. 나의 칠흑의 불꽃이 티끌 하나 남김없이 다 불태울 것이다.』

플로리오와 마찬가지로 란제 뒤에 대기 중이던 칠흑색 전신 갑옷을 입은【검은 성기사】가 가슴을 쭉 펴고 대답했다.

그 옆에서 플로리오의 여동생이자【검은 성기사】와 쌍벽을 이루는 최강의 기사…… 루이에스 바르제도 시원스럽게 말했다.

“『초월자』 중 한 명이 된 지금, 그리 간단히 밀리지는 않을 겁니다.”

“……응? 어이, 지금 『초월자』라고 했어?! 그런 얘기는 못 들었어!”

“네. 지금 처음 말씀드렸기에.”

“나 국왕 맞지? 보고는 제때제때 하자!”

루이에스의 파격적 발언에 란제는 저도 모르게 태클을 걸었다.

“정말이지…… 뭐, 아무튼, 확실히 문제아도 많지만 그리 간단히 당하진 않아. 오히려 너희야말로 조심해.”

“……응, 괜찮아. 내 부하도…… 강하니까.”

루티아의 그 말 한마디에 레이어 일행은 말로 표현할 수 없을 만큼 감동했다.

“좋아, 그럼 우호의 악수를 하지. 구체적인 국교 내용 등의 서류는 나중에 작성해도 되잖아.”

“……응.”

서로 자리에서 일어나 가까이 걸어갔다.

“앞으로 잘 부탁해.”

“……이쪽이야말로.”

그리고 손을 내밀었다.

“어이쿠~! 그건 인정할 수 없어.”

『윽!』

그때 갑자기 란제와 루티아 사이에 『그림자』가 출현했다.

그 순간, 루이에스는 란제를 잡아당겼고, 제로스는 루티아를 자신의 뒤로 보내 『그림자』로부터 떨어뜨려 놓았다.

"쿨럭?! 어, 어이…… 루이에스…… 좀 더 상냥하게 떼어 놓을 순 없어……?"

"죄송합니다. 긴급 사태였기에."

"저쪽을 좀 봐. 스마트하게 등 뒤로 보냈잖아."

"죄송합니다. 귀찮아서."

"그게 본심이지?!"

정체불명의 『그림자』가 출현했는데도 란제와 루이에스는 긴장감 없는 대화를 나누었다.

하지만 주위의 S급 모험가들도, 그리고 뒤에서 대기 중이던 양측 가신들도 『그림자』를 최대한 경계하고 있었다.

그리고 『그림자』 안에서 한 남자가 나타났다.

삐죽삐죽 솟은 칙칙한 빨간 머리와 파충류처럼 부리부리한 눈이 특징적인 섬뜩한 남자였다.

그 남자는 경박한 웃음을 지으며 주위를 둘러보았다.

"으하하하하! 좋은 순간을 방해해서 미안하게 됐어!"

"……네놈은 누구지?"

루티아를 감싼 상태로 제로스가 상대를 위압하며 물었다.

하지만 남자는 전혀 겁먹지 않고서 오히려 유쾌하게 웃었다.

"좋은데? 좋은데?! 너 강하지?!"

"질문에 대답해! 네놈은 누구냐!"

제로스의 말에 가볍게 어깨를 으쓱인 남자는 그대로 입을 열었다.

"그렇게 화내지 마. 나는 레스터. 『마신교단』의 사도다……!"

"마신교단이라고……?"

레스터라고 이름을 밝힌 남자의 입에서 나온 조직명에 제로스는 얼굴을 찌푸렸다.

그러자 조르아가 앞으로 나와 제로스 옆에 서서 입을 열었다.

"하! 그 거창한 조직의 사도님께서 무슨 볼일이냐?"

"말했잖아? 인정할 수 없다고. 사람 말은 제대로 듣자. 으하하하하!"

"인정할 수 없어……?"

고개를 갸우뚱하는 마족군 멤버와 윔블그 왕국의 가신들을 보고서 레스터는 어이없어하며 말했다.

"어이어이, 이렇게까지 말했는데 모르겠어? 즉, 너희가 사이좋게 지내는 걸 인정할 수 없다고 한 거야."

『호오? 무슨 권리로 그런 말을 하는지…….』

"응? 뭐야, 뭐야? 말하는 갑옷이 있잖아?! 으하하하하! 이거 굉장한데!"

뭐가 재미있는지 『검은 성기사』의 모습을 보고 레스터는 폭소했다.

한바탕 웃은 후, 레스터는 눈을 뒤룩 굴려 시선을 보냈다.

"무슨 권리가 있냐고? 마신님을 위해서니까 권리고 나발이고 없어!"

"마신을 위해서?"

더욱 경계하며 제로스가 묻자 레스터는 도취한 모습으로 말했다.

"아아…… 그래, 마신님을 위해서. 이 세상의 온갖 【부정적】 감정을 모아 마신님을 부활시키는 거야! 그러려면 너희가 사이좋게 지내는 건 곤란하거든. 더 비참하게, 잔혹하게 서로를 죽이기를 바라니까!"

"……네가 말하는 마신이니 부활이니 하는 게 뭔지 전혀 모르겠지만…… 변변찮은 생각을 하고 있다는 건 알겠군."

란제가 노려보며 그렇게 말했지만 레스터의 모습은 변함없었다.

"알 필요 없어. 어차피 너희는 여기서 죽을 거니까! 으하하하하!"

"우릴 아주 우습게 봤나 보네……. 이 자리에는 우리 윔블그 왕국과 마족군의 최강 전력이 모여 있는 데다가 S급 모험가까지 있어. 그런 곳에 혼자 오다니—."

"어이어이, 내가 아무 생각도 없는 줄 알아?"

"뭐?"

레스터는 플로리오의 말을 막으며 소름 끼치게 웃었다.

그 순간, 방문이 벌컥 열렸다.

"아, 알립니다! 현재 테르베르에…… 대량의 마물이 몰려들고 있습니다!"

"뭐라고?! 몇이나 되지?!"

"그것이…… 저번 대침공의 몇 배는 가볍게 넘습니다."

"……."

방에 뛰어 들어온 윔블그 왕국의 병사가 보고한 내용은 엄청났다.

말을 잇지 못하는 란제 일행 앞에서 레스터가 희열에 잠겼다.

"으하하하하하하! 좋은 느낌으로 절망하고 있잖아! ……자, 어쩔래? 이대로 날 상대하든가, 마물에게 유린당하든가……!"

"크……!"

저번 마물 대침공이 거의 피해 없이 끝난 것은 세이이치 덕분임을 란제는 알고 있었다.

그렇기에 세이이치가 이곳에 없는 지금, 얼마나 피해가 생길지 상상도 가지 않았다.

"『검은 성기사』! 너는【나락의 흑병단(어비스 슈바르츠)】을 이끌고 마물을 토벌해! 루이에스! 너희【성검의 전투처녀(발키리)】도 마찬가지로 마물을 토벌하러 가라! 현장의 지시도 두 사람에게 맡기겠어!"

『받들겠다.』

"네."

"플로리오! 너는 마법사단 일부를 이용해 마도 카메라를 띄워! 이미 정찰 부대가 나갔을 테니까 위치는 그쪽에 물어봐. 그리고 나머지는 국민을 피난시킨다! 아무튼 중심지인 이곳…… 【아크셀 성】 주변에 오도록 유도해!"

"괜찮으시겠습니까? 그러면 폐하를 경호할 자가 없어집니다."

"나보다 국민이다! 나는 어떻게든 하겠어!"

"……존명."

란제가 무시무시한 속도로 지시를 내렸고 그 지시를 따라 성내 병사들이 움직이기 시작했다.

"……란젤프 왕. 우리도 돕겠어."

"그래도 되겠어?"

"……응. 마침내 서로 가까워졌는걸. 이런 데서 끝내지 않아."

"……그런가. 그럼 부탁하지."

"……응. 제로스, 조르아, 레이어, 우루스, 리아레타."

『예!』

"……이 나라의 병사들과 함께 마물을 토벌하고 와. 어쩌면 몇 마리와는 말이 통할지도 모르니까……."

『맡겨 주십시오!』

"……제이드는 날 호위해 줘."

"알겠습니다. 맡겨만 주세요. 조르아, 제로스. 싸우면 안 된다?"

"……선처하지."

"하! ……너야말로 루티아 님을 잘 지켜."

"힘낼게."

마족군도 제이드를 제외한 전원이 마물을 토벌하러 갔다.

그 모습을 히죽히죽 웃으며 바라보던 레스터는 도발적으로 입을 열었다.

"어이어이, 그 인원수로 되겠어? 저번과 달리 S급 마물만을 긁어모았다고. 게다가 나와 같은 사도가 대기하고 있지."

"……! 저번 대침공도 너희 짓인가……!"

"정답~! 뭐, 전부 죽어서 계획이 틀어졌지만."

조금 불퉁한 모습으로 레스터가 그렇게 말하든 말든 S급 모험가들도 움직이기 시작했다.

"폐하. 저희도 마물을 토벌하러 가겠습니다. 마물을 상대하는 건 익숙하니 말이죠."

"나는 저기 있는 기분 나쁜 놈을 패고 싶지만. 서두르지 않으면 위험할 것 같으니 나도 토벌하러 가 주지."

"그러네. 하지만 다들 토벌하러 간다면 나는 여기서 폐하를 경호하며 저 녀석을 상대하겠어."

경박하게 웃는 레스터에게 유스트는 날카로운 시선을 보냈다.

그런 유스트를 보고 오벨이 고개를 끄덕였다.

"네가 남는다면 괜찮겠지. 뒷일은 맡기마."

"네! 오벨 씨도 힘내세요! ……이 사람들 단속하는 거요."

유스트가 아득한 눈으로 S급 모험가들을 보고 있음을 알아차린 오벨은 마찬가지로 S급 모험가들에게 시선을 보냈다.

"……역시 가기 싫어……."

"괘, 괜찮아요! 힘내세요!"

"……아아, 알겠어! 모처럼 마족과 인간이 사이좋게 지낼 것 같으니 나도 해 주겠어! 자, 네무! 네가 싸울 곳은 이쪽이야!"

"……음? 싫어~. 이거 놔…… 쿠울."

"끌려오면서 자지 마!"

"아, 도중에 엘레미나 왕비님과 아프로스 씨도 데려가 주세요!"

뒤에서 유스트가 그렇게 말하자 오벨은 알겠다며 손을 휘휘 흔들고 나갔다.

이리하여 방에는 란제와 루티아, 그리고 각각의 호위를 맡은 유스트와 제이드만이 남았다.

"어이어이, 상당히 줄어들었잖아. 이걸로 괜찮겠어?"

"어머? 나는 충분하다고 생각하는데? 부족하기는커녕 나 혼자서도 전혀 문제없어."

"그러네요. 저도 충분하다고 생각합니다. 그쪽이야말로 2 대 1인데 이길 수 있을 것 같습니까?"

"……시건방진 소리."

두 사람의 반응에 레스터가 처음으로 사납게 웃었다.

그리고 레스터의 몸에서 불길한 오라가 흘러넘쳤다.
"뭐, 좋아. 그럼 바로…… 죽여 주마!"
그렇게 말한 순간, 레스터의 몸이 두 개가 되었다.
"아니?!"
그 광경을 보고 란제 일행은 숨을 삼켰다.
""으하하하하하하! 멋진 표정이야! 자, 더 늘어난다.""
그 뒤로 네 명, 여섯 명…… 레스터의 몸은 방을 가득 채울 기세로 늘어났다.
『이제 2 대 1이라고는 할 수 없겠지?!』
최종적으로 레스터는 서른 명이 되었다.
"좋아. 그럼 나 혼자 상대해 줄게."
『엉?』
제이드가 혼자 상대하겠다고 말했다.
"……혼자서 괜찮겠습니까?"
유스트가 그렇게 말하자 제이드는 열띤 시선을 보냈다.
"어머나, 날 걱정해 주는 거야? 기뻐! 하지만 괜찮아. 이 정도라면 나 혼자 어떻게든 돼."
"그, 그렇습니까……."
유스트는 레스터가 아니라 제이드로부터 신변의 위험을 느꼈다.
설마 이토록 반응이 없을 줄은 몰랐던 레스터는 노여워했다.
『……어이어이, 상황을 이해 못 했어? 30대 2도 아니고

30대 1로 싸우겠다고?』

"물론 잘 이해했어. ……자기야말로 각오는 됐겠지?"

『엉?』

돌연 제이드의 분위기가 바뀌었다.

제이드의 몸에서 요요한 마력이 흐르기 시작했다.

그것은 제이드가 전력을 다한다는 신호이기도 했다.

제이드는 평소와 같은 부드러운 어조로 루티아의 의중을 확인했다.

"루티아 님. 힘을 해방하겠습니다."

"……응. 힘내."

"존명."

그 순간, 요요한 마력이 방 전체를 뒤덮었다.

◆ ◇ ◆

"【마신교단】이라……."

"뭔지 아십니까?"

오벌은 변함없이 자고 있는 네무를 질질 끌며, 유스트가 말한 대로 도중에 엘레미나 및 아프로스와 합류했다.

지금은 S급 모험가들과 마족군 멤버가 모여서 일단 정보를 공유하기 위해 성 앞에서 이야기하고 있었다.

그중에서 일의 전말을 들은 엘레미나가 일순 눈썹을 찌푸

리더니 곧장 원래 표정으로 돌아와 이야기하기 시작했다.

“그래. 내가 이 나라의 왕비인 건 다들 알겠지만 나는 모험을 좋아해. 남편…… 란제와도 모험가로서 만났고 말이지. 그런 내가 왕비가 아니라 모험가로 활동할 수 있는 것도 전부 란제 덕분이야. 그래서 나는 나대로 란제의 힘이 되고 싶어서 모험하며 타국에 관해 이것저것 조사했어. 그러던 가운데, 어떤 나라에 가도 반드시 들리는 단어가 있었지. 그게 바로—.”

“【마신교단】이란 건가?”

“그래. 자세한 구성원은 불명이고, 목적이 마신의 부활이라는 것 외에는 아무것도 알려지지 않았었어…….”

“「않았었다」라는 건…….”

“맞아. 최근 유난히 활동적으로 움직이기 시작한 모양이라 그 조직의 실태가 점점 보이고 있어. 목적이 마신의 부활이란 것은 변함없지만, 그걸 위해…… 【부정적】인 감정을 모은다나 봐.”

“……확실히 아까 그 녀석도 그렇게 말했지…….”

제로스는 레스터의 말을 떠올렸다.

“슬픔, 분노, 증오…… 그런 【부정적】인 감정을 모으면 마신이 부활한다고 해.”

“애초에 그 마신이란 건 뭐야? 마족인 나도 처음 들었어. 우리와 관계있는 건가?”

조르아가 그렇게 묻자 엘레미나는 고개를 가로저었다.

"아니, 마족과는 관계없어. 확실히 마족을 이끄는 왕을 마왕이라고 부르지만, 마신은 완전히 별개야."

"그럼 대체 뭐야?"

"신이야."

"뭐?"

단적인 말에 조르아뿐만 아니라 모두가 멍한 표정을 지었다.

"신? 우리 마족군에도 있는 흑룡신님 같은 건가?"

"아니, 달라. 흑룡신님 이야기도 문헌으로 읽은 적이 있지만, 그는 인간이나 다른 종족보다 격이 높을 뿐, 진정한 의미에서 신은 아니야."

"진정한…… 의미라고……?"

더더욱 영문을 알 수 없어지는 가운데, 엘레미나는 신경 쓰지 않고 이야기를 계속했다.

"흑룡신님이 등장하는 문헌의 시대보다 더 옛날…… 이 별이 신들에게 버려지기 전 이야기. 여기까지 말하면 다들 알겠지?"

"자, 잠깐만! 즉, 마신이란 건……."

"그래. 태곳적 신들의 싸움에서 패한 신 그것이 【마신교단】이 숭배하는 신이야."

『…….』

너무나도 규모가 커서 S급 모험가를 포함한 전원이 입을 다물 수밖에 없었다.

"그보다 다들 정신 바짝 차려. 진짜 신을 숭배하는 집단이야. 사도의 힘도 얕볼 수 없을 거야. 그런 의미에서 너희 주군을 호위하러 안 가도 괜찮겠어?"

엘레미나가 마족군 면면에게 그렇게 묻자 레이어가 입을 열었다.

"조르아와 제로스는 확실히 힘이 있지만, 저와 우루스와 리아레타는 루티아 님을 완벽하게 지킬 수 있을 만큼 강하지 않아요. 그에 비해 루티아 님 곁에 남은 제이드는 조르아나 제로스와 마찬가지로 저희 중에서도 최강 격이니까요……. 걱정 없어요."

"맞아. 그 녀석이 당할 정도면 우리가 있어도 결과는 똑같겠지. 그리고 이쪽은 이쪽대로 위험해 보이고."

"……동의해."

"그래? 그렇다면 괜찮겠네."

그런 이야기를 하고 있으니 갑자기 성벽 밖에서 무시무시한 소리가 났다.

시선을 돌려 확인하자 50미터를 넘는 성벽 위에서 칠흑색 불꽃이 타오르고 있었다.

"테르베르가 성벽 도시라서 다행이야. 최종 방위 라인을 알기 쉽잖아. ……자, 『검은 성기사』가 분발하고 있는 것 같은데 나는 저쪽으로 갈게. 다들 갈라져서 사방으로 흩어져 줘. 모두 무사히 돌아오길."

『네!』

대답에 만족한 엘레미나는 어떤 마법을 외웠다.

"『진·뇌신장』."

그러자 전신에 번개로 만들어진 갑옷이 휘감겼다.

이것이 바로 란제의 아내이자 로베르트토의 모친인 S급 모험가『번개 여제』의 진정한 모습이었다.

"그럼 나는 먼저 갈게."

엘레미나는 그렇게 한마디 하고서 문자 그대로 전광의 속도로 주변 지붕 위를 건너뛰며 이동했다.

그 모습을 바라보다가 문득 생각났다는 듯 레이어가 물었다.

"그러고 보니…… 제이드가 호위하고 있으니까 문제없겠지만 그쪽은 괜찮은 거야?"

『응?』

레이어의 말에 S급 모험가 전원이 고개를 갸우뚱했다.

"그 왜…… 이렇게 말하면 좀 그렇지만 호위로 남은 그 사람은 별로 강해 보이지 않길래……."

"아아, 확실히…… 강해 보이지 않는 점도 그렇지만, 혼자 남겨 두고 와도 됐던 거야?"

레이어가 약간 껄끄러워하며 꺼낸 말과 조르아의 말을 듣고 S급 모험가들은 마족군이 무엇을 걱정하는지 겨우 이해했다.

『하하하하하하하!』

그리고 일제히 웃기 시작했다.

"어? 어?"

왜 웃는지 모르는 레이어와 다른 마족군에게 오벌이 웃음을 참으며 가르쳐 줬다.

"그 녀석은 걱정할 필요가 없어. 왜냐하면—."

오벌의 말을 듣고 마족들은 경악했다.

◆ ◇ ◆

"마…… 말도 안 돼……!"

레스터는 바닥을 기고 있었다.

"어머. 벌써 끝났어? 아쉽네."

그런 레스터 앞에 제이드가 멀쩡하게 서 있었다.

레스터는 멍한 모습으로 소리치듯 말했다.

"이, 있을 수 없는 일이야……. 그 뒤로 내가 대체 몇 개의 분신을 만들어 냈는데! 천 개라고! 심지어 평범한 분신이 아니라 전부 마신님의 힘을 받은 내 분신이야! 그걸……!"

조금 전까지 펼쳐졌던 일방적인 폭력을 목격하고서, 아무것도 모르는 란제는 메마른 웃음을 지었다.

"우리 루이에스나 『검은 성기사』도 터무니없이 강하지만 너희 쪽 가신도 대단하군……. 『마력』 자체로 싸우는 녀석은 처음 봤어…….”

“……제로스랑 조르아도 비슷하게 강해.”

“하하…… 그러니 어떤 대국이 침공하질 못하고 끙끙대지…….”

제이드는 마력을 물질화하여 조종할 수 있었다.

이렇게만 들으면 별로 대단하지 않은 것 같지만 실제로는 터무니없는 능력이었다.

우선 자신의 마력은 당연하고 전 세계에 떠도는 마력까지 물질화해서 조종할 수 있었다.

심지어 세계를 떠도는 마력을 다룰 때는 세계에 흐르는 마력이라 자신의 마력을 소비하지도 않았다.

그 결과, 제이드는 전방위에 사각지대 없이 공격할 수 있었다.

물론 유효 범위 등의 제약은 있지만 레스터의 분신을 일소하는 것과는 상관없었다.

“하하…… 저도 마력을 물질화하는 사람은 처음 봤습니다. 편리할 것 같네요.”

란제와 달리 역시 S급 모험가로서 다양한 위기를 극복하고 난적과 싸워 온 유스트는 그렇게 가벼운 감상을 품는 정도에 그쳤다.

“뭐, 좋아……. 그럼 저 녀석을 어떻게 할까……?”

“……이것저것 듣고 싶은 게 있으니까 살려 둬야 해.”

란제와 루티아가 레스터의 처우에 관해 이야기하는데 레스터가 갑자기 웃기 시작했다.

"큭…… 크크크…… 으하하하하하하!"

"……! ……대체 뭐가 웃겨?"

루티아가 그렇게 묻자 레스터는 눈을 뒤룩 굴려 쳐다보고서 히죽 웃었다.

"최후에 웃는 건…… **우리**이기 때문이지!"

"무슨?"

돌연 루티아의 배후에 『그림자』가 출현했다.

그리고 그 안에서 한 남자가 모습을 보였다.

"크라이스의 각본은 마족이 인간을 증오하도록 만드는 거였지만. 뭐, 죽이면 똑같나."

그렇게 말하며 나타난 것은 부스스한 머리와 구깃구깃한 옷, 그리고 관리 안 된 수염까지 그야말로 너저분한 남자였다.

하지만 기척도 없이 돌연 뒤에서 나타난 것을 보면 심상치 않은 실력자라고 추측할 수 있었다.

그런 남자가 아무런 망설임도 없이 루티아를 노리고 단검을 내리쳤다.

"루티아 님!"

제이드가 즉각 마력을 물질화하려고 했지만 시간이 부족했다.

알 수 없는 남자의 출현에 란제도 경직되어서 모두가 루티아의 죽음을 확신했다.
한 사람을 제외하고.
"이러면 곤란해."
유스트는 허리에 차고 있던 한손검을 귀신같은 속도로 발도하여 그대로 남자의 단검을 튕겨 냈다.
"헉?"
"유감스럽지만 죽이게 두지 않아."
그리고 그대로 물 흐르는 듯한 움직임으로 남자와 거리를 좁혀 그 자리에 엎어누르고서 목덜미에 검을 갖다 댔다.
"자, 암전히 있자."
S급 모험가 유스트 호러즈.
평소의 그는 주위 변태들의 고삐를 쥐고서 어떻게든 제어하고자 고생하는 길드 본부의 양심이다.
그런 그에게는 어떤 이명이 있다.
【무쌍】.
그가 바로 최강이라고 불리는 S급 모험가였다.

전 용사 일행과 사도의 한 수

유스트와 제이드가 마신교단의 사도를 제압하고 있을 때, 마족군은 『검기사』 루이에스가 이끄는 【성검의 전투처녀】가 있는 곳으로, S급 모험가들은 『검은 성기사』가 이끄는 【나락의 흑병단】이 있는 곳으로 각기 향하고 있었다.

"어이, 네무! 작작 자고 일어나! 네가 없으면 『결계』를 보강할 수 없잖아!"

"응……?"

오벌이 몸을 흔들자 네무는 눈을 비비며 깨어났다.

"흐암~ 왜 깨워……? 아직 졸린데……."

"이 싸움이 끝나면 얼마든지 자게 해 줄게. 아무튼 원래 여기 쳤던 『결계』를 보강해 줘."

"음…… 잘 모르겠지만…… 네에~."

네무는 여전히 잠에 취한 채 허리에 차고 있던 지팡이를 꺼내 상공을 향해 들었다.

"흐암~ 원래는 알을 위해 쳤던 『결계』인데 말이지……. 아, 그러고 보니…… 이쪽으로 돌아와서 알을 못 봤는데…… 어떻게 지내고 있을까~? 이 『결계』에서 나가면 위험하고……

아직 테르베르에 있으려나~?"

"어이, 생각은 나중에 해!"

"그래그래, 알았어~『결계술: 액막이 층』~."

오벨에게 질질 끌려가는 상태로 네무는 마법을 외웠다.

그 순간, 상공을 향해 들고 있던 지팡이에서 희푸르스름한 빛이 나와 하늘로 날아갔다.

그 빛은 상공에서 터져 왕도 테르베르를 덮었다.

네무 도르미르.

그녀는『잠자는 공주』라는 이명으로 알려진 S급 모험가인데, 이 테르베르에서는 또 다른 의미로 유명했다.

테르베르를 감싼『결계』 때문이었다.

사실 네무와 알트리아는 친구라서 예전에 알트리아를 괴롭혔던 그녀의 불행 체질을 어떻게든 하기 위해 이것저것 조사했었다.

그리고 알트리아의 불행 체질을 어떻게든 억제하는 결계를 테르베르에 쳐서 테르베르는 지금까지 피해를 입지 않았던 것이다.

"좋아, 잘했어! 그럼 이대로—."

"쿠울."

"벌써 잠들었어?! 아직 마물이 남아 있으니까 자지 마!"

"음! 저기에 가련한 아가씨가?! 아가씨! 함께 뜨거운 밤을—."

"어이, 유리네? 너 어디 가려는 거야! 으아아아! 유스트,

너 진짜 고생했구나."

너무나도 자유로운 S급 모험가들을 제어하는 것만으로도 오벌은 지쳤다.

그래도 어떻게든 『검은 성기사』가 있는 곳까지 오니 그곳에서는 『번개 여제』 엘레미나를 중심으로 마물과 격전이 벌어지고 있었다.

"와, 이건…… 이렇게 보니 절망적이군……."

무심코 오벌이 중얼거리는 가운데, 엘레미나는 눈앞의 드래곤과 대치 중이었다.

"정말로 S급 마물밖에 없나 보네……. 【블레이드 드래곤】이라니 오랜만에 봤어."

"크오오오오오오오오오오오!"

엘레미나와 대치한 마물은 온몸에 날카로운 칼날이 난 이형의 드래곤 【블레이드 드래곤】이었다.

그 칼날 하나하나가 솜씨 좋은 대장장이가 벼린 검이라고 해도 손색없을 예리함을 자랑했고, 드래곤 계통이라 마력이 높아서 각 칼날에 마법을 휘감아 공격하기도 했다.

하지만—.

"아쉽게 됐네. 나랑은 상성이 최악이야."

엘레미나는 그렇게 말하고 블레이드 드래곤을 향해 오른팔을 쑥 내밀었다.

"『뇌극창』."

엘레미나의 팔에서 대량의 번개가 나타나더니 그대로 하나로 뭉쳐져 극대 번개창이 만들어졌다.

그것은 교내 대항전에서 로베르토가 아그노스와 싸우며 전력으로 만들어 냈던 것보다도 훨씬 컸다.

생성된 번개창은 블레이드 드래곤이 인식할 수 없는 속도로 비상하여 그 칼날 몸통을 간단히 꿰뚫었다.

"크아아아아아아아아아아아아!"

번개에 관통된 블레이드 드래곤은 감전되어 검은 연기를 내며 쓰러졌다.

그 모습을 지켜본 오벨이 어이없어하며 말했다.

"저렇게나 강한 왕비는 전 세계를 찾아봐도 없을 거야."

"그렇죠…… 아무튼 엘레미나 님 혼자 싸우시게 할 순 없어요. 저도 가겠어요."

부채로 입가를 가리며 코넬리아가 우아한 발걸음으로 앞으로 나갔다.

"원래는 이렇게 타도되는 일 없이 조용히 지낼 수 있었을 텐데……."

가엾다는 표정으로 눈앞의 마물 무리를 바라본 코넬리아는 마물 무리를 향해 가느다란 손가락을 들었다.

"적어도 대지로 돌려보내 드리겠어요."

그렇게 말한 순간, 마물 무리를 에워싸듯 주변 대지가 부식해 나갔다.

"썩어서 가라앉으시길. 『부해(腐海)』."

부식된 대지는 이윽고 마물 무리의 발밑까지 미쳤고, 썩은 지면은 끝없는 늪으로 모습을 바꾸었다.

"크아아아아…… 아, 아아—."

"끼에에에에에! 끼에, 끼기—."

"크오오오오오, 오오, 오—."

마물들은 빠져나가려고 필사적으로 발버둥 쳤지만 움직이면 움직일수록 늪으로 가라앉았고 끝내는 완전히 잠겨 침묵했다.

조금 전까지 늪으로 변했었던 대지가 원래대로 돌아오자 모든 것을 지켜본 코넬리아는 부채를 접었다.

"내세는 평온하게 보냈으면 좋겠네요."

코넬리아 아르놀디.

그녀는 세계에서 유일하게 『부(腐)속성 마법』을 다루는 존재였고, 그 마법과 귀족이라는 점 때문에 【귀부인(貴腐人)】이라는 이명을 가지고 있었다.

"하아…… 호몽 님 파티는 여기 없는 것 같네요……. 저쪽에 계신 걸까요?"

……결코 그쪽 사람이라서 【귀부인】이라고 불리는 게…… 아니라고 여기고 싶다.

코넬리아가 마물 무리를 일소하는 동안, 똑같은 S급 모험가인 유리네는 무시무시한 속도로 마물을 베어 넘기고 있었다.

"정말이지…… 네놈들 때문에 만족스럽게 헌팅도 못 하잖아……!"

마물과 싸우는 동기는 불순했으나 그 실력은 확실해서 지금도 마물의 수를 척척 줄이고 있었다.

"이 도시만 따져도 대체 얼마나 많은 여성이 있는 줄 알아? 그런 곳을 덮치다니…… 신이 허락해도 내가 허락 못 해!"

유리네는 그 자리에서 크게 도약하여 검을 상공으로 치켜들었다.

"휘몰아쳐라 【백합참(百合斬)】!"

그러자 유리네가 든 검을 중심으로 꽃잎이 나타났다.

꽃잎이 휘감긴 검을 아래로 휙 휘두르자 꽃잎이 날카로운 칼날이 되어 주위 마물에게 쏟아졌다.

『갸아아아아아아아아!』

"시끄러워! 닥치고 죽어!"

『갸, 갸아?! 갸—.』

불합리한 이유로 단말마의 비명조차 지르지 못하고 마물은 사라졌다.

유리네 레지.

마치 백합처럼 가련하게 적을 베어 넘기는 그 모습 때문에 『백합 검사』라는 이명을 가진 여성이었다.

……그것이 지금은 다른 의미에서 『백합 검사』가 되었으니 유감스럽다고 할 수밖에 없었다.

"음…… 간간이 처음 보는 마물이 섞여 있네……."

매우 거대한 아프로헤어를 긁적이며 아프로스가 그렇게 말했다.

그런 아프로스에게 마물 한 마리가 달려들었다.

"응? 저 녀석은……."

아프로스를 노리고 달려든 것은 S급 마물 중에서도 정상급 방어력을 자랑하는 【가디언 드래곤】이었다.

그 비늘은 흔한 무기로는 흠집 하나 낼 수 없어서 이곳에 있는 S급 모험가 중에서는 유리네나 가르간드와 상성이 나쁜 마물이었다.

"크오오오오오오오!"

"후우…… 이 녀석, 분명 엄청 단단했지~?"

귀찮다는 듯 아프로스가 한숨을 쉬든 말든 가디언 드래곤은 그 방어력을 살려 돌진해 왔다.

이대로 격돌하면 아무리 S급 모험가라도 무사하지 못할 위험한 돌진인데도 아프로스는 당황하지 않은 모습이었다.

"뭐, 상관없지만."

아프로스와 가디언 드래곤이 격돌하려고 했을 때, 아프로스는 갑자기 머리를 숙였다.

그 결과, 필연적으로 아프로스의 초거대 아프로헤어에 가디언 드래곤이 파고들게 되었고—.

"응, 들어갔네."

놀랍게도 가디언 드래곤은 그대로 아프로헤어에 삼켜졌다.

아무 일도 없었던 것처럼 머리를 든 아프로스는 자신의 아프로헤어에 손을 찔러 넣어 무언가를 잡더니 그대로 뽑았다.

"영차…… 역시 그럭저럭 크구나."

나온 것은 조금 전까지 대치 중이었던 가디언 드래곤의 뼈였다.

"싸우는 건 귀찮지만 소재가 모이는 건 기쁘단 말이지."

그렇게 말하고서 콧노래라도 흥얼거릴 듯한 분위기로 차례차례 마물을 아프로헤어 속에 수납한 다음에 뼈만 꺼내 나갔다.

아프로스 디누아르.

미개척 땅이나 마경이라고 불리는 곳을 개척하는 모험가면서 정작 자신의 아프로헤어가 수수께끼라 『마경』이라는 이명을 받은 희한한 모험가였다.

"가르간드는 안 가도 돼?"

"엉? 인간형 마물이 없잖아. 나는 패스야."

"너…… 변함없이 한결같구나……. 하지만 보아하니 우리가 나설 차례는 없을 것 같아."

가르간드와 오벨은 눈앞의 광경을 바라보며 그런 이야기를 했다.

실제로 엘레미나, 코넬리아, 유리네, 아프로스에 더해 『검은 성기사』가 이끄는 【나락의 흑병단】도 있어서 마물이 전멸하는 것도 시간문제였다.

이처럼 S급 모험가들은 빠짐없이 변태들로 구성되었으면

서도 그 실력은 확실했다.

◆ ◇ ◆

"이건……."

"……확실히 숫자만 보면 절망적이군……."

『검기사』 루이에스가 이끄는 【성검의 전투처녀】가 있는 쪽으로 온 마족군.

성벽 밖으로 나간 그들은 밀려드는 마물의 수를 보고 말을 잇지 못했다.

하지만 루이에스와 【성검의 전투처녀】의 노력으로 마물은 성벽 부근에 접근하지 못하고 있었다. 그 광경을 바라보며 레이어는 제로스에게 물었다.

"그래서…… 어때? 말을 들어줄 것 같아?"

"……무리야. 우리 마족군 관할에 없는 마물들뿐이야. 그리고 아무래도 이성도 잃은 것 같아……."

마족군에는 마물이 다수 소속되어 있다.

그래서 마물 종류에 따라서는 강제적인 명령으로 움직임을 막을 수도 있었지만, 습격해 온 마물의 종류를 보고서 제로스는 무리라고 판단했다.

"답답하네. 그딴 짓 안 해도 죽이면 되잖아?"

조르아가 하품하며 그렇게 말하자 『어둠』이 조르아의 몸을 덮었다.

어둠을 휘감은 조르아는 진홍색 눈으로 마물 무리를 보았다.

"꿰뚫어라."

그러자 조르아의 몸을 휘감은 어둠 일부가 날카로운 창처럼 변해 단숨에 마물 무리를 덮쳤다.

어둠창은 도중에 여러 개로 갈라져서 척척 마물 무리를 섬멸해 나갔다.

"뭘 멍청히 있어? 너희도 싸워."

"……네 말을 따르는 건 내키지 않지만, 그래야지."

그렇게 말한 순간, 제로스는 소름 끼치는 마력을 분출시켰다.

"수가 많아. 나는 마력에 한계가 있지만 네 녀석은 괜찮겠지?"

"하! 네놈과 달리 나는 마력을 소비하지 않으니까. 하지만 혼자서 이 숫자는 무리야. 열심히 적은 마력으로 날려 버리라고."

"굳이 말할 것도 없어."

제로스가 양팔을 앞으로 들자 소름 끼치는 마력이 모였고 최종적으로 양쪽 손바닥에 수렴되었다.

"『소멸포』."

양 손바닥에 수렴된 마력이 단숨에 해방되어 무시무시한 힘의 격류가 마물 무리를 뒤덮었다.

제로스의 마법을 맞은 마물은 존재를 유지하지 못하고 완전히 소멸되었다.

"공격하는 거야 네 맘이지만 펑펑 날려 대다가 일찍 뻗지 나 마."

"누굴 걱정하는 거야? 너야말로 방심해서 죽지나 마."

그런 대화를 나누며 두 사람은 순조롭게 마물 수를 줄여 나갔다.

"……변함없이 괴물 같은 두 사람이야……."

"그렇군……. 어쩔 거지? 우리도 가는가?"

"만약 갈 거면 방비가 허술한 곳으로 가자. 이 커다란 성벽을 완벽히 지키는 건 무리일 테고……."

남은 일행은 제로스와 조르아의 싸움을 바라보며 그런 이야기를 했다.

"그러네……. 방비가 허술한 곳에서 우리도 힘내자."

레이어가 그렇게 결단하고 이동을 개시하려던 그때였다.

"실력이 제법이야."

"누구냐!"

돌연 들린 목소리에 레이어 일행은 주위를 둘러보았다.

어느새 성벽 위에 한 남자가 서 있었다.

"너는……."

"……일단 이름을 밝히기로 할까. 나는 로디아스. 【마신교단】의 사도다."

"……사도……."

로디아스라고 이름을 밝힌 남자는 기척을 파악하기 어려운 존재였다.

오른쪽 눈이 가려질 만큼 자란 보라색 머리카락 사이로 보이는 날카로운 시선이 레이어 일행을 꿰뚫었다.

"그 사도님께서 무슨 일이지?"

"……레스터 녀석한테 못 들었나? 우리의 목적은 단 하나. 마신님의 부활뿐이다."

"그래……? 그런 네가 여기 있다는 건……."

레이어의 시선이 날카로워짐과 동시에 뒤에 있는 리아레타와 우루스의 시선도 예리해졌다.

"……너희가 짐작한 대로 제거하러 온 거지."

"그럼…… 당하기 전에 해치워 주겠어……!"

레이어는 불꽃을 휘감고서 로디아스를 노리고 돌격했다.

"레이어, 서포트할게! 『윈드 제트』!"

리아레타가 외운 마법에 의해 레이어가 가속했다.

"……흠, 보기 드문 피닉스 마족인가."

"맞아. 이 불꽃으로 불태워 주겠어……!"

"훗…… 과연 어떨까?"

레이어의 가속한 공격을 로디아스는 간단히 피했다.

"아니!"

"……난 사도 중에서도 전투가 메인인 실전 부대원이야. 유감스럽지만 그 정도 공격으로는 찰과상 하나 입힐 수 없을걸?"

"그럼 이건 어떠냐?"

레이어의 공격을 피한 로디아스의 뒤에서 우루스가 온몸에 투기를 두르고 튀어나왔다.

"『왕귀의 일격』!"

전신의 투기를 오른팔에 집중시킨 우루스는 로디아스를 후려치려 들었다.

"……이쪽은 왕귀족인가. 재미있군. 힘을 겨뤄 보지."

"뭐라고?!"

로디아스는 우루스의 공격을 피하지도 않고 정면으로 되받아쳤다.

원래대로라면 괴력의 소유자인 도깨비족…… 그것도 왕귀족인 우루스의 공격을 막을 수 있는 존재는 거의 없었다.

하지만 로디아스는 우루스의 주먹에 자신의 주먹을 부딪쳐 우루스의 공격을 완전히 상쇄했다.

"내 공격이…… 이렇게 간단히……!"

"우루스, 물러나! 『매혹의 눈길』!"

"……그리고 서큐버스 여성인가. 마족군에는 상당히 재미있는 면면이 모여 있는 것 같군."

리아레타는 서큐버스족의 특징인 이성을 매료하는 술법을 썼지만 로디아스에게는 효과가 없었다.

"그럴 수가……."

"……왜들 그러지? 싸움은 이제 막 시작됐다만?"

"그럼 이건 어떻습니까?"

"……!"

로디아스의 머리 위에서 불쑥 목소리가 들렸다.

그 순간 로디아스는 뒤로 휙 물러났고, 조금 전까지 로디아스가 있던 곳에 『검기사』 루이에스가 검을 내리쳤다.

"……너는……."

"저 말입니까? 저는 루이에스 바르제. 『검기사』라는 이름은 아실 것 같군요."

"……그렇군. 윔블그 왕국의 양대 기사 중 한 명인가. 다른 한 명은 아무래도 반대편에서 분투 중인 것 같은데……."

"예. 『검은 성기사』라면 괜찮겠죠. S급 모험가분들도 계실 테고."

레이어 일행은 루이에스의 등장에 깜짝 놀랐지만 곧장 자세를 바로잡고 로디아스와 거리를 벌렸다.

"보아하니 당신은 묘한 힘을 가지고 있는 것 같군요."

"……거기까지 꿰뚫어 볼 줄이야. 그래서 어쩔 거지? 이번에는 네가 날 상대해 주는 건가?"

어조는 변함없었지만 로디아스의 분위기가 갑자기 변하며 전신에서 날카로운 마력이 일었다.

"……거기 세 분, 죄송합니다. 도와주실 수 있을까요?"

"어?"

“……아무래도 이자를 저 혼자 상대하기에는 버거울 것 같습니다. 가능하다면 도와주시면 좋겠습니다만…….”

그렇게 말한 루이에스는 엄격하고 주의 깊게 로디아스를 바라보고 있었다.

“……그래. 알겠어.”

“협력해 주셔서 감사합니다.”

레이어가 루이에스의 제안을 받아들였고, 리아레타와 우루스도 각자 로디아스를 경계하며 전투태세를 갖췄다.

“……네 명이 상대인가. 하지만…… 좋겠지. 덤벼라.”

로디아스의 말을 신호로 네 사람은 동시에 달려들었다.

◆ ◇ ◆

“자, 얘기해 줘야겠어.”

“……대체 목적이 뭐였어?”

제압당한 상태인 레스터와 그림자가 되어 나타났었던 너저분한 남자 앞에서 란제와 루티아가 물었다.

레스터는 제이드가, 너저분한 남자는 유스트가 붙잡고 있어서 둘 다 꼼짝도 하지 못했다.

하지만 그런 상황임에도 불구하고 너저분한 남자는 웃었다.

“크크크크크…… 우리를 제압했다고 이긴 줄 아나?”

“뭐?”

"패배를 인정하지 그래? 지금 네가 할 수 있는 일은 아무것도 없으니까."

유스트가 목덜미에 대고 있던 검을 조금 강하게 누르며 말했다.

그러나 남자의 태도는 바뀌지 않았다.

"그럴지도 모르지. 하지만 【마신교단】의 사도는 우리뿐만이 아니야. 마신님이 존재하는 한은 얼마든지 나타나. 그리고 지금쯤 로디아스 녀석이 밖에서 너희 동료들을 해치우지 않았을까?"

"바보 같은 소리 마. 로디아스가 누군지는 모르지만 그 정도 전력이 갔는데 질 리가 없잖아."

"글쎄다……. 생각은 자유지. 하지만 로디아스는 우리와 달리 실전 부대원이야. 동료들이 죽어도 불평하지 마."

웃음을 지우지 않는 남자를 보고 란제 일행은 얼굴을 찌푸렸다.

"……이야기가 딴 길로 샜는데, 너희의 목적을 말해 줘야겠어. 물론 마신이란 녀석의 부활에 관해 묻는 게 아니야. 왜 이곳을 습격했는지를 묻는 거다."

"켁! 누가 네놈들 따위에게—."

"아아, 거기 있는 마왕의 딸이나 당신 목숨이 목적이었어."

"에드먼드?!"

레스터가 숨기려고 했던 내용을, 마찬가지로 붙잡혀 있는 너저분한 남자, 에드먼드가 시원스럽게 대답하자 레스터는 놀라서 외쳤다.

"음? 이거 참 간단히 대답하는군."

"이 정도는 내가 가르쳐 주지 않아도 금방 알 수 있는 거잖아?"

"……왜 목숨을 노렸지?"

란제가 그렇게 말한 순간, 제압하는 제이드와 유스트도 무시무시한 위압을 내뿜었다.

하지만 에드먼드는 그런 위압을 신경 쓰지도 않고 웃었다.

"큭큭큭큭큭…… 왜 노렸냐고……?"

"음?"

란제는 에드먼드의 반응이 이상함을 알아차렸지만 그때 이미 에드먼드는 움직이고 있었다.

"유감스럽게도 여전히 노리고 있단 말이지!"

에드먼드가 입을 열자 입안에서 단검이 나타났다.

란제나 루티아에게 날아갈 줄 알았던 그 단검은 어째선지 루티아의 그림자에 박혔다.

돌연 단검이 나타나서 유스트는 에드먼드의 머리를 콱 잡아 바닥에 찍었다.

"……너, 자기 입장을 알고 있어?"

"루티아 님! 괜찮으세요?!"

유스트가 구속을 강화하는 가운데, 제이드가 그렇게 물

었을 때였다.

"……앗."

『……!』

루티아가 그 자리에 쓰러졌다.

◆ ◇ ◆

"……보잘것없군."

"큭……!"

로디아스는 눈앞에 뻗은 루이에스와 레이어 일행을 내려다보며 그렇게 중얼거렸다.

로디아스의 가슴팍에는 이전에 세이이치가 싸웠던 데미오로스와 마찬가지로 사악한 악마가 그려진 문장이 떠올라 있었다.

"……『검기사』와 싸우게 돼서 다소 기대했는데…… 실망스러워."

지면에 엎어진 레이어 일행을 보고 마물을 상대하던 제로스와 【성검의 전투처녀】 면면이 비명을 지르듯 외쳤다.

"레이어!"

"어이어이…… 뭘 나자빠져 있는 거야!"

"루이에스 님?"

"큭! 네놈!"

마물들을 상대하던 면면도 즉각 루이에스 일행을 도우려

고 했지만 아무리 쓰러뜨려도 솟아나는 마물들이 앞길을 막아서 도우러 갈 수 없었다.

그 모습을 무표정으로 바라보던 로디아스는 재차 루이에스 일행에게 시선을 되돌렸다.

"……아쉽지만 너희를 구하러 올 사람은 없을 것 같아."

"……그런 것 같군요. 하지만 저도 그저 당하고만 있지는 않을 겁니다……!"

"……호오?"

힘을 쥐어짜 일어난 루이에스는 빠르게 검을 휘둘렀다.

"……확실히 빠르고, 맞으면 잠시도 못 버티겠지……. 상대가 다른 사람이었다면 말이야."

"무슨!"

그렇게 말한 로디아스는 그 자리에서 움직이지도 않고 한 손에 든 단검 한 자루로 루이에스의 공격을 막았다.

"……슬슬 레스터가 어쩌고 있는지도 보러 가고 싶으니 싸움을 끝내기로 하지."

그렇게 말한 순간, 루이에스와 레이어 일행 주변에 순식간에 단검이 몇 자루나 떠올랐다.

"……단숨에 죽여 주마."

"루이에스 니이이이이이임!"

【성검의 전투처녀】 중 누군가가 그렇게 외쳤을 때였다.

"흠, 이곳이 왕도 테르베르인 줄 알았는데……."

"……누구냐?"

돌연 들린 목소리에 로디아스는 즉각 반응했다. 하지만 그와 동시에 마물들이 알 수 없는 칠흑색 창에 꿰뚫려 날아갔다.

"이건…… 조르아, 네가 한 건가?"

"……아니, 이 『어둠』은 내 게 아니야."

"그럼 대체 누가……."

조르아가 출현시킨 『어둠』과 매우 비슷해서 제로스는 무심코 물었으나 그것은 조르아가 만든 것이 아니었다. 그 자리에 있는 모두가 궁금해하는 얼굴이자 이번에는 다른 목소리가 들렸다.

"정말이지, 세이이치 군의 소개로 와 봤더니 설마 동료가 습격받고 있을 줄이야……."

"……너희는……?"

압도적인 존재감을 내뿜는 두 사람이 느긋한 발걸음으로 로디아스 앞에 나타났다.

"제아노스 제퍼드. 평범한 용사의 스승이다."

"루시우스 알사레. 평범한 초대 마왕이야."

『그럼—.』

"각오는 됐나?"

"각오는 됐어?"

최강의 원군이 도착했다.

번외 오리가의 생활

"……영차, 영차."

나, 오리가 카르메리아는 세이이치 오빠와 나란히 베아트리스 씨에게 부탁받은 교재를 옮기고 있었다.

"오리가, 정말 괜찮아?"

"……괜찮아. 나도 세이이치 오빠를 돕고 싶어."

"그렇게 말해 주는 건 기쁘지만……."

세이이치 오빠는 그렇게 말하고서 미묘한 표정을 지었다.

……나, 민폐일까……?

"……옮기면…… 안 돼……?"

"윽?! 그, 그렇지 않아! 기뻐, 엄청 기뻐!"

"……응, 다행이다."

"……하지만 무리만큼은 하지 마."

"……응."

그렇게 말하며 세이이치 오빠는 내 머리를 쓰다듬었다.

나는 세이이치 오빠가 쓰다듬어 주는 게 좋다.

세이이치 오빠의 손은 상냥해서 매우 안심이 된다.

……이렇게 다정한 기분으로 있을 수 있는 나날이 올 줄

은…… 생각도 못 했었다.

나는 카이젤 제국에 팔려서 줄곧 남을 죽이는 방법만을 배웠다.

그것만이 내 가치였고 그 외에는 아무것도 없었다.

사실 나는 이렇게 웃거나 즐거워해선 안 된다.

이 손으로 많은 인간을 죽였으니까.

설령 내가 바란 일이 아니었어도 그 사실은 변하지 않는다.

내 손은 더럽다.

세이이치 오빠와 함께 있을 자격 따위…….

세이이치 오빠 옆에서 걸으며 그런 생각을 하고 있는데 갑자기 세이이치 오빠가 나를 불렀다.

"있지, 오리가."

"……응?"

"지금은 즐거워?"

"……어?"

나도 모르게 세이이치 오빠를 쳐다보자 세이이치 오빠는 자상한 눈으로 나를 보고 있었다.

"오리가는…… 우리와 함께 행동하기 전에는 나 같은 건 상상도 할 수 없는 가혹한 환경에서 자랐겠지. 그렇기에 지금 우리와 함께 있으면서 그 이상으로 즐거웠으면 좋겠어."

"……아……."

"그래서…… 어때? 오리가는 지금 행복해?"

불안한 모습으로 물어보는 세이이치 오빠를 나는 똑바로 바라보았다.

"……응. 나, 행복해. 세이이치 오빠, 사리아 언니. 알트리아 언니랑 먹보도 있어……. 확실히 예전에는 괴로웠지만 지금 이렇게 있을 수 있어서…… 정말로 행복해."

"……그렇구나."

세이이치 오빠는 그렇게 말하고서 미소 짓고 다시 내 머리를 쓰다듬었다.

베아트리스 씨의 지시대로, 세이이치 오빠가 담당하는 F반에 교재를 가져가자 학생 한 명이 맞아 주었다.

"아, 형님! 수고하십니다! 뭘 가져오신 거예요?"

"응? 다음 수업에 쓸 교재야."

"……죄송합니다. 배가 좀 아파서 보건실에―."

"아그노스 군?"

"히이익! 베, 베아트리스 누님?!"

언제 왔는지 모를 베아트리스 씨가 아그노스 군을 붙잡았다.

"공부, 할 거죠?"

"무, 물론입니다!"

아그노스 군은 척 경례하더니 손과 발을 동시에 움직여 자기 자리에 앉았다.

그 모습을 보고 베아트리스 씨는 한숨을 쉬고서 우리에게 고개를 돌렸다.

"하여간……. 세이이치 씨, 오리가 양. 도와주셔서 감사합니다."

"아뇨, 또 사양 말고 말해 주세요."

"……응. 나도 도울게."

"네, 그럼 그때는 잘 부탁드려요."

베아트리스 씨와 헤어진 후, 세이이치 오빠는 사리아 언니가 공부 중인 곳을 보더니 그리로 향했다.

"사리아, 공부는 어때? 잘 되어 가?"

그러자 사리아 언니는 얼굴을 빛내며 우리를 보았다.

"아, 세이이치! 오리가! 응, 괜찮아! 헬렌이 알기 쉽게 가르쳐 주거든!"

"그렇지 않아. 그냥 사리아가 빨리 흡수하는 거야."

"정말? 에헤헤헤, 기뻐!"

조금 쑥스러워하며 웃는 사리아 언니는 정말로 귀여웠다.

사리아 언니는 자기 기분을 솔직하게 표현할 줄 알면서 타인도 잘 보고 있어서 정말 대단했다.

나도 크면 사리아 언니처럼 자신에게 솔직해져서 누군가의 기운을 북돋아 주는 사람이 되고 싶다.

그에 비해…….

"또…… 또 이런 문제인가……?! 『이 재료들 중에서 어느 것을 섞으면 회복약이 만들어질까요』라니 이게 뭐야?! 귀찮게 그러지 않아도 한꺼번에 먹어 버리면 똑같잖아!"

"안 똑같아! 섞으면 효과가 달라지는 재료도 있다고! 독초도 조합에 따라서는 약이 돼! 그보다 루루네! 뭐든 입에 넣으면 괜찮다는 사고방식 좀 버려!"

"하지만 주인님! 저는 괜찮단 말이에요!"

"그건 너만 그래!"

먹보의 말에 세이이치 오빠가 필사적으로 태클을 걸었다.

변함없이 먹보의 이론은 이해할 수 없었다.

나도 카이젤 제국에 있을 때는 서바이벌이라며 독초를 먹기도 했지만, 먹으면 다 똑같다고 생각한 적은 없었다. 아니, 그렇게 생각하면 죽을 뿐이다.

"……먹보, 역시 바보?"

"뭐, 뭐라고! 그보다 먹보라고 부르지 좀 마! 루루네 언니라고 불러!"

"……알겠어, 먹보."

"전혀 모르잖아~!"

달려드는 먹보를 피하기 위해 나는 세이이치 오빠 뒤에 숨었다.

그것만으로도 먹보는 분한 표정을 지으면서도 자리로 돌아갔다.

……아무렇지도 않게 이루어지는 이런 대화가, 하찮고 의미 없는 대화가…… 정말로 즐거웠다.

내게는 정말 아까운 일이었다.

하지만 이렇게 지금 행복하게 지낼 수 있는 것은—.

“응? 왜 그래?”

“……세이이치 오빠.”

“어?”

“……나, 힘낼게.”

“……?”

내 말에 세이이치 오빠는 이상하다는 듯 고개를 갸웃했다.

하지만 이내 미소 지으며 상냥하게 말했다.

“뭘 힘낸다는 건지는 모르겠지만…… 천천히 해도 돼.”

“……어?”

“오리가의 인생은 우리보다도 길잖아. 괴로운 일도 있을지 모르지만, 그래도 즐거운 일도 잔뜩 있어. 부담 느끼지 말고 천천히, 자기 나름대로 나아가면 돼.”

“……응.”

쓰다듬는 세이이치 오빠의 손길을 느끼며 나는 생각했다.

역시 나는 세이이치 오빠와 언니들이 정말 좋다.

진화의 열매 7
~모르는 사이 성공한 인생~

초판 1쇄 발행 2020년 5월 10일

지은이_ Miku
일러스트_ U35
옮긴이_ 송재희

발행인_ 신현호
편집부장_ 윤영천
편집진행_ 김기준 · 김승신 · 원현선 · 권세라 · 유재슬
편집디자인_ 양우연
국제업무_ 정아라 · 전은지
관리 · 영업_ 김민원 · 조은걸 · 조인희

펴낸곳_ (주)디앤씨미디어
등록_ 2002년 4월 25일 제20-260호
주소_ 서울시 구로구 디지털로 26길 111 JnK디지털타워 503호
전화_ 02-333-2513(대표)
팩시밀리_ 02-333-2514
이메일_ lnovelpiya@naver.com
L노벨 공식 카페_ http://cafe.naver.com/lnovel11

ISBN 979-11-278-5542-0 04830
ISBN 979-11-5981-036-7 (세트)

값 7,800원